Seamus Heaney

希尼自选诗集 1966-1987

消失的岛屿

〔爱尔兰〕谢默斯·希尼 著

罗池 译

人民文学出版社
PEOPLE'S LITERATURE PUBLISHING HOUSE

著作权合同登记号 图字 01-2018-4278

图书在版编目(CIP)数据

消失的岛屿:希尼自选诗集.1966—1987/(爱尔兰)谢默斯·希尼著;罗池译.—北京:人民文学出版社,2018
ISBN 978-7-02-014550-8

Ⅰ.①消… Ⅱ.①谢… ②罗… Ⅲ.①诗集-爱尔兰-现代 Ⅳ.①I562.25

中国版本图书馆 CIP 数据核字(2018)第 190301 号

责任编辑 **卜艳冰 何炜宏 邰莉莉**
装帧设计 **高静芳**

出版发行 **人民文学出版社**
社　　址 **北京市朝内大街 166 号**
邮　　编 **100705**
网　　址 **http://www.rw-cn.com**

印　　刷 **上海利丰雅高印刷有限公司**
经　　销 **全国新华书店等**

字　　数 **90 千字**
开　　本 **889×1194 毫米 1/32**
印　　张 **10.125**
插　　页 **5**
版　　次 **2018 年 11 月北京第 1 版**
印　　次 **2018 年 11 月第 1 次印刷**

书　　号 **978-7-02-014550-8**
定　　价 **58.00 元**

如有印装质量问题,请与本社图书销售中心调换。电话:010-65233595

献给玛丽、迈克、克里斯托弗和凯瑟琳·安

目录

一个博物学家的死亡（1966）

通向黑暗的门（1969）

越　冬（1972）

苦　路（1975）

北　方（1975）

田间劳作（1979）

斯威尼之迷途（1983）

苦路岛（1984）

山楂灯笼（1987）

挖

在我的食指和拇指中间
捏着胖墩笔；趁手如一支枪。

在我的窗下，那一阵干脆的刮擦声
是铁铲插进夹满砂砾的泥土：
我父亲在挖地。我俯瞰着

直到他那紧绷的屁股在花圃当中
匍低又撅起，就这样二十年
按着韵律在土豆畦间屈伸，
挖掘不停。

粗皮靴贴靠脚踏，铲柄
抵住膝盖内侧稳稳地掀起。
他刨掉长梢头，闪亮的铲刃深深掘进，
翻出了嫩土豆让我们去捡，
真喜欢它们在手里清凉发硬的感觉。

上帝为证，这老头使得一手好铲。
跟他的老头一样。

我祖父一天里劈出的泥炭
比托纳沼地的其他挖炭人都要多。
有时我给他送去牛奶，
用纸团马马虎虎塞住瓶口。他直起身
把它喝掉，然后马上弯腰
整齐地切好割好，又铲起草皮[①]
摔过肩头，越挖越深，
去寻找好炭。挖。

土豆田的清冷气味，潮湿的泥煤地
发出的嘎吱和噼啪声，铲刃的明快刨削
穿过生活的根脉在我的头脑里激越不息。
但我没有铁铲去追随他们这样的人。

在我的食指和拇指中间
捏着胖墩笔。
我要用它去挖。

---

① 新挖出的泥炭要切成砖块状以便晾晒、储运。——译注（本书脚注均为译注。）

一个博物学家的死亡

整年里那沤麻池子在镇区的中心
发胀；青绿的结实累累的
亚麻早已腐烂，被大块的草泥压紧。①
它每日煎熬在惩罚性的暴晒中。
水泡泡在细致地漱喉，蓝蝇
绕着那臭疽缠上结实的声音纱布。
这里有蜻蜓，有花斑蝴蝶，
但其中最带劲的是蛙卵，
那温厚绵密的涎唾像凝结的水块
滋生于岸边的阴凉处。在此地，每年春天，
我都要装上满满几个果酱瓶的胶冻状
小麻点点回来，排在家中的窗台上，
学校的搁架上，然后守着观察，
直到那些胖乎乎的小球爆开，变成灵活
游动的蝌蚪。沃尔斯女士会告诉我们
青蛙爸爸怎么会被称为大牛蛙，
还有他怎样呱呱叫然后青蛙妈妈怎样
产下千百粒小蛋蛋，这就是

---

① 亚麻在断青、成熟后才收割、脱籽然后进行沤制。浅池沤麻在日晒充足时最多只需一两个星期，时间稍久则过度腐烂，麻池恶臭，并造成严重水体污染。亚麻和亚麻花是北爱尔兰的象征。

蛙卵。你们还可以用青蛙分辨天气
因为它们变黄的时候就出太阳要是棕色
就下雨。

后来在一个大热天，田野的草丛里
满是臭牛粪，大群愤怒的青蛙
侵入沤麻池子；我钻过树篱
走进一片从未听闻过的粗野的
呱鸣。空气里充斥着低沉的合唱。
就在池沿下边肚皮肿胀的青蛙一垛垛堆叠①
在草皮上；它们松弛的颈脖如风帆般鼓动。有的在跳：
噼啪和噗通都是猥亵的恐吓。有些坐着，
镇定如烂泥手雷，它们的愚钝脑袋里臭屁冲天。
我直犯恶心，转身就跑。伟大的黏浆诸王
已齐聚于此准备复仇，而我知道
如果我敢把手伸进去就会被蛙卵一把抓住。

① 蛙群在交配。

采黑莓

致菲利普·霍布斯鲍姆[①]

八月末，若是充沛的雨水和阳光
能持续一周，黑莓就成熟了。
起初仅有一枚，油亮的紫色凝块
突显在其余或红或绿，或硬如疙瘩的果实当中。
你吃下了第一枚，那果肉甜得
像增稠的红酒：整个夏季的血浆都在其中
在舌上留下印痕和继续采摘的
欲望。不久红色莓子渐渐染黑，那饥饿
派我们出发，提着牛奶桶、罐头盒、果酱瓶，
一路上刺条刮擦、湿草漂白着我们的皮靴。
绕过草场、麦地和土豆畦
我们艰苦地边走边摘直到桶子满满，
直到叮当响的桶底都覆满了
绿色莓子，而顶子上那一点一滴灼人的大黑泡
像一大盘眼睛。我们的双手扎遍了
利刺，手掌黏湿如同蓝胡子。[②]

---

① 菲利普·霍布斯鲍姆（Philip Hobsbaum，1932—2005），英国诗人、批评家，著名的诗社组织者，对希尼的成长有重大影响。

② 蓝胡子（Bluebeard）是法国童话中勾引女性、血腥杀妻的坏蛋。

我们将鲜莓子贮藏在牛舍。
但当浴盆注满时我们却发现一缕绒毛，
鼠灰色真菌充斥了我们的地窖。
果浆也在发臭。一旦被摘下
果实便开始发酵，甜果肉随之变酸。
我一直觉得想哭。这不公平，
满桶满桶的美味竟全部臭烂了。
每年我都渴望它们保存，明知它们做不到。

追随者

我父亲驭了一套耕马在干活，
他的肩头滚圆像满帆高挂
在辕子和垄沟之间。
马匹使劲拉，按他舌头的弹音。

一位行家。他会设好犁板
并固定雪亮的钢尖錾头。
草泥翻卷一旁从不断裂。
到了田垄头，只需轻轻一提

缰绳，汗淋淋的马儿便转身
回到田里。他眯起一只眼睛
向这地块瞄一瞄，
便把垄沟精确测绘。

我在他的钉鞋辙子里跌跌撞撞，
有时在光滑的草泥上滑倒；
有时他把我驮在他的背上
随着他的步伐一起一伏。

我真想快快长大学会耕田，

眯上一只眼睛，鼓圆我的胳膊。
但我能做的只是追随
在他宽大的身影下走过田庄。

我原是个大麻烦，总是绊倒、
摔跤，吵吵嚷嚷。如今
却是父亲老是跌跌撞撞
跟在我身后，又不肯走开。

期中间断

我一整个上午都坐在学校医务所
计数钟声如报丧把课业终结。
直到两点我们的邻居载我回家。

在门廊我看见父亲在哭——
他从前对葬礼总能从容应付——
老吉姆·埃文斯说真是一锤痛击。

宝宝在童车上咿咿呀呀笑着摇着
迎我回家，而令我尴尬的
是那些大人站起身来与我握手

告诉我他们"同情我的遭遇"。
又跟陌生人嘀咕我是长子，
一直住校，当时母亲把我的手

抓在她手里，喘着悲愤却无泪的唏嘘。
十点钟救护车抵达，
送来的尸体已经过护士们止血和包扎。

第二天上午我进了楼上那个房间。雪花莲

和蜡烛抚慰在床畔；六周以来第一次
我见到了他。现在更加苍白，

一块罂粟红的淤痕挂在他的左边太阳穴。
他躺在四尺长匣子里，跟他的围床一样大小。
没有花哨的伤口，保险杠把他撞得干脆。

四尺长的匣子啊，一尺便是一岁。

诗

致玛丽[1]

亲爱的，我将为你完善这孩子，
他正辛勤地玩泥巴，在我的脑中[2]
用大铁铲挖出一堆堆草皮
或在一条深沟里把烂污搅腾。

每年我都会播种我那一码宽的园子。
我会铲起一层草皮来砌墙
来阻挡大母猪和啄食的母鸡。
即便如此，每年，草皮还是会垮塌。

也许在黏稠的泥浆里我会欣喜地
泼溅还会在排水沟上修坝子
但我的黏土糊糊的要塞却总是
崩溃在秋雨涨潮来临之前。

亲爱的，你也要为我完善这孩子，

---

① 玛丽是谢默斯·希尼的新婚妻子。

② 参见《旧约·以赛亚书》：“耶和华啊，现在你仍是我们的父，我们是泥，你是窑匠，我们都是你手的工作。”

他的不完善的小局限都会不断打破：
在当今的新局限中，配置世界
并化圆为方：四面墙和一枚指环。[①]

① 化圆为方是平面几何中尺规作图的经典难题：求一正方形，其面积与一已知圆的面积相等。因其不可解，比喻企图去做不可能之事，如但丁在《神曲》中以化圆为方类比天堂之不可理解。

个人的诗泉

致迈克尔·朗利[①]

小时候，谁也不能叫我离开水井
以及配有绞盘和斗桶的老泵站。
我爱那幽黑的井底，深陷的天空，那些
水草、菌类和阴湿苔藓的气味。

有一口井，在砖厂，遮着霉烂的盖板。
我品味过当绳索尽头的水桶
坠下时那轰隆的撞击声。
那么深的井里你连影子都看不到。

干涸的石渠底下有一口浅井
却像个水族馆一样繁盛。
若是你从松软的覆草中拔出长长根茎
便有一张白色的脸庞从井底浮现。

其他水井则有回声，把你的呼喊
伴着全新的乐音返还。有一口
很是吓人，蕨草和高大的毛地黄丛中

---

① 迈克尔·朗利（Michael Longley，1939— ），北爱尔兰诗人。

突然窜出一只耗子拍散了我的倒影。

如今，若还撬寻根底，探摸黏泥，
瞪着大眼，像那喀索斯，去凝视某个水泉，
已有损成年人的尊严。我用韵律
来观察自己，让黑暗发出回声。

葺屋匠

预约了好久，他在某天早晨
突然现身，自行车上挂着
一把折叠梯和一包刀具。
他看看旧屋脊，戳戳檐头，

解开来理顺一束束绑紧的麦秆。
然后，到大捆树枝：榛条和柳条
都抽两鞭试轻重，扭几扭以防折断。
看样子他整个上午都是在热身：

然后架稳梯子，摆开利刃，
剁齐秸秆，削尖树枝，
再把它们拗成两头雪白的码钉，
钉紧他的世界，一拃压一拃。

一整天他都俯在椽梁的苫草上，
把毛茬茬修齐找平，一针针缝成
带坡顶的蜂巢，整饬的田地，
让大伙不禁赞叹他点石成金。

半　岛

当你不再有话要说，就开车
在这半岛上周游一天吧。
碧空高远如在跑道的前方，
地面没有标志，所以你不会抵达

只能路过，并不断避开滑坡。
黄昏时，地平线饮尽大海和山峦，
新翻的耕地吞吃了刷白的山墙
而你重新陷入黑暗。此刻再回想

那釉亮的前滩和剪影般的漂木，
把浪花撕成碎沫的那座礁石，
那些长脚鹬凭自己的腿踩着高跷，
把自身碇泊在浓雾中的岛屿

然后开车回家，还是没有话要说
但此刻你将把所有风景的奥秘破解
如下：事物全然呈现出各自的形状，
海水和大地则远在它们的尽头。

光头党人安魂曲[①]

我们在大衣的兜里装满大麦——
前方不再有厨房，没有显赫的营寨——
在自己的土地我们来去如风。
牧师跟流浪汉一起在壕沟里匍匐。
一群人行军艰苦——全凭徒步——
每一天我们都会发现新的战术：
我们用长矛割断缰绳和圈栏，
驱赶奔牛闯进步兵团，
穿过树篱撤退，让骑兵勒马兴叹。
直到，维尼戈山，那场宿命的密会。[②]
横尸遍野，向大炮挥舞钐镰。
山坡染红，浸泡在我们被拍碎的浪涛。
我们被人埋葬时没有裹尸布或棺材，
到八月，金黄的大麦从墓穴中生长。[③]

---

① 18世纪末的爱尔兰义军模仿法国革命者剪短发，被戏称为“光头党”（Croppy），意即像收割过的麦茬；大部分义军实际上只是手持长矛、镰刀、草叉的农民。

② 维尼戈山（Vinegar Hill），位于爱尔兰东南部，盖尔语原意“梅林山”。1798年6月21日，在维尼戈山战役中，义军大营被击溃，千人战死，两万人逃亡，是起义失败的转折点。诗中将这场会战称为“密会”（conclave），原指罗马的枢机主教团选举新教宗的秘密会议。

③ 义军战士随身携带生麦粒为干粮，所以乱葬岗长满大麦，后来大麦成为民族精神生生不息的象征，如爱国歌曲《风吹麦浪》。

妻子的往事

我在树篱下边铺好桌布，
摆好东西，便叫他们过来。
脱粒机的轰隆吞吐声消停下来，
滚滚的传送带也静止了，秸秆
因无法投递而在喂料口悬置。
一片静寂，我听见他们的靴子
在二十码外吱吱嘎嘎踩过麦茬。

他躺下身子，“让这些家伙吃吧，
我不急，”说着揪起一把青草
往空中抛去。“还不错嘛。”
（他对我铺在草地上的白布点点头。）
“我敢说一个女人就能拾掇好整块地，
虽然我们男的对桌布没什么要求。”
他飞了一眼，然后看着我倒满杯子
并按他的嗜好给一块厚面包片抹黄油。
“脱粒机打得比我预想的好，而且
都是清清爽爽的种子。你上那边看看吧。”
每次总要我去做这种审查
也不管我到底知不知道要看什么。

但我还是把手掏进那些钩在出料口的
半满的麻袋。麦粒坚实如弹丸，
数不胜数，凉丝丝的。麻袋敞着口，
卸料槽收起，靠在安安静静的滚筒上，
草叉都按着一个角度插进地里
像一排投枪标记着遗落的战场。
我从它们中间穿过踩着麦茬往回走。

他们躺成一圈，吃着各自的干面包和劣酒，
抽着烟，一言不发。“今年好收成啊，
对不对？”——那骄傲的样子，好像他就是那块地似的——
“磨面和留种都足够了。”
总是这样。我来了，他给我看了，
然后我就成了无事可干的闲人。
我收起杯子折起桌布
便离开了。但他们还悠闲地，
敞着衣襟，四脚八叉躺在树下。

夜　车

平凡事物的气味
在穿越法国的夜车上焕然一新：
雨水、草料和树林在空气中
化为暖流涌入敞开的车窗。

一块块路标不屈不挠地雪亮着。
蒙特勒伊、阿布维尔、博韦，
已在望，在望，到来又过去，
每一个地方都如约履行了它的名字。

加班的联合收割机一路哼哼哧哧
在工作灯照射下吐出粮食。
一片野火闷燃渐熄。
小餐馆一家接一家打烊。

我一路不停地想你，
远在千里之南，在那幽暗中，
意大利将下身拱向法兰西。
你的平凡也在那里焕然一新。

记忆的遗物

爱尔兰的湖水
令树木石化：
旧船桨和老桩子
历经多年，
纹脉板结，
汁液中的灵魂

被禁锢和风干。
浅浅的清波
有来有往：
如恒定的净身礼。
这洪潮般的爱
让巨柱惊愕

化作石笋。
熄灭的熔岩，
冷却的星球，
煤炭、钻石
或乍现的
火流星

都太简单，

不像这遗物

蕴含着诱惑——

一块石头

在学校书架上，

恍如麦片。

沼　原

致T．P．弗拉纳根 [①]

我们没有北美大草原
在傍晚分切一轮圆圆的落日——
四面望去，眼睛都要承让
那侵占成性的地平线，

并被诱入独眼巨人额前的 [②]
深潭。我们无边无栏的疆土
是一片沼泽，每日见到阳光前后
一层层不断地结壳又龟裂。[③]

有人从泥炭中掘出
大爱尔兰麋鹿的 [④]

---

① 弗拉纳根（T. P. Flanagan，1929—2011），北爱尔兰画家，1960年代末的系列作品以厚重、抽象的笔触表现爱尔兰风景，其中《沼原》题赠给希尼。这首诗是希尼给弗拉纳根的回赠。

② 意即，爱尔兰人的眼睛总是要被大沼原的深潭般的眼睛吸引。在赫西俄德《神谱》中，三位独眼巨人是天地之子，以光明雷电为名，强壮、丑陋、粗鄙，曾被天神镇压在地狱深渊，却是最伟大的工匠，获释后被奥林匹亚诸神锻造了最强大的神器，如宙斯的雷霆杖、波塞冬的三叉戟、阿波罗的日弓、阿耳忒弥斯的月弓、哈得斯的幽冥盔和坚不可摧的圣城等等。

③ 意即，相比横向的宽广无际的北美大草原，爱尔兰沼原的纵向的深厚也是无际的，它一层层的沉积如同历史的书页，又像多次曝光的胶片。

④ 大爱尔兰麋鹿（Great Irish Elk），冰河时期物种，身高可达3米以上，遗骨化石多在爱尔兰沼地中发掘到，曾是北爱尔兰政府纹章的左立兽。诗中意在指出“大爱尔兰”。

骸骨，又把它竖在
装满空虚的巨型板条箱。

沉没在地下的奶油
历经百年之后
已变成盐晶晶的雪白。
这土地像温厚、乌黑的奶油

在脚底溶融、挤开，
消解着它亿万年来
不断给出的最终界定。
在这里，不可能采到煤炭，

只有大杉木被水泡烂的
躯干，软成一团纸浆。
我们的开拓者不停开挖，
向内、向下，

他们剥开的每一层泥土
都似乎曾有人驻扎。
那些沼坑怕是大西洋的渗水孔。
那湿处的中心是无底的。

阴沉木

车夫的战利品
劈成了一条条椽子，
蛛网状的，黑黢黢的，
久经考验的肋拱

撑起第一座茅屋顶。
也许我的室友
会是那些留小胡子的
逝者，背着柳筐的人，

或许我可以偷听
他们绝望中的智慧，
当倒灌的柴烟
在气窗上斗争，

而毛毛细雨
让马车辙子的
前路一片模糊。
那软趴趴的轨迹

能追溯的地方没有

"橡林"，也没有
在林间空地上
砍寄生藤的人。[①]

大概我只能约莫看到
埃德蒙·斯宾塞，[②]
梦想着阳光，
却被精怪们侵占，

"从密林和幽谷的
每一处角落"[③]
他们爬出来
找水芹菜和腐肉。[④]

---

① 爱尔兰传说中，白衣德鲁伊（法师）爬到圣橡树上用金镰刀砍寄生藤制成灵药。

② 英国诗人斯宾塞（1552—1599）曾在爱尔兰殖民当局任要职，鼓吹残酷镇压。他的故居有一棵大橡树，据说他在树下写出了《仙后》等杰作。

③ 引文出自斯宾塞《论爱尔兰时局》(1596）中对爱尔兰人的污蔑，大意：从密林幽谷角落里他们用手爬出来，因为他们的脚站不起；他们说话像幽灵，在墓穴嚎叫；他们吃腐肉，一看到就兴奋地扑上去抢食，墓地的死尸都被吃得一点不剩；若是找到一片水芹菜或酢浆草，他们就像牲畜一样去啃。

④ 爱尔兰诗人奥利弗·高德斯密（Oliver Goldsmith，1728—1774）长诗《荒村》(1770）中写到一个采水芹菜充饥的卑贱老妇，她是"这忧思原野上的愁苦历史家"(I.131—136)。

安阿霍利什[1]

我的“净水之所”。
世界第一山，
那里有清泉冲刷
晶莹的草地

和小径路基上
乌黑的卵石。
“安阿霍利什”，柔软的
辅音坡度、元音牧场，

灯光的余影
透过场院
摇动在冬日傍晚。
载着水桶和推车的

那些山地居民[2]
走进齐腰深的浓雾
在水井和粪堆上
敲碎薄冰。

---

① 安阿霍利什（Anahorish）是希尼家乡附近的一个村庄，盖尔语原意“真水山”，因山上有多处泉眼而得名，希尼曾在那里读过小学。

② 爱尔兰传说，在仙山之中住着永生的仙人，他们会用仙桶酿仙酒。

雨的赠礼

一

倾盆大雨不停不歇地泼了
多日。
　　静默的牲口，
在泥泞中麦脚稍息，①
他开始用他的皮肤
感知气候。

洪水伸着灵敏的鼻突
舔上一块块石墩
然后连根卷起。
　　　　　　他试探着
蹚过他的人生。
　　　　　　试探着。

二

在淹没的田野中跋涉的人

① 旧时，乡下新兵练队列分不清左右，教官给他们左脚用牧草绑腿，右脚用麦秸绑腿，口令也改成："草、麦、草"。

打破了洪水的明窗：

一朵泥淖之花
开在他的倒影上

像一条快船摇荡着
它红色的踪迹穿过湖湾。

他的双手在掏挖
已经被铁锹翻耙过的

那些沉没的田畦，他赖以为生的
亚特兰蒂斯。就这样

他被紧箍在他的耕作场所
而天空和大地

自然地流动在他的臂膀
一同探索着收获的土地。

三

若雨水聚拢
会带来整夜的

汹涌澎湃。
它们久经世故的耳朵

能侦听寻常的
夸夸其谈，激流[①]
横飞，越过山墙[②]
莫欧拉念叨着[③]

一条条卵石河床：
所有的喷泉都在日光下
盈满各自的神采
然后从每一口大桶倾泻

如长长的秀发。
我竖起耳朵
倾听一片虚空——
血脉中那共有的召唤

载来我所需要的

---

① 夸夸其谈（confabulations），在心理学上指虚谈症，失忆者在意识清醒状态下自发进行记忆伪造或代偿性的虚构，大谈从未发生过的事情，易受暗示诱导，自己也信以为真。

② 山墙（gable），音近 gabble（叽里呱啦）。

③ 莫欧拉（Moyola）是希尼家乡的一条河流，盖尔语原意“知识平原”，上游为百条湍急山溪汇聚而成，下游宽广平缓，注入内伊湖。诗中将河域比作竖琴（harp），她的念念叨叨（harping on）亦即一种自然史的弹唱。参见下文《一首新歌》中的描述。

大洪水之前的传承。
逝者的柔声细语
在岸滨呢喃着

说我应该提问
（也是为着我的子孙）
为何庄稼腐烂，淤泥
却给烧透的黏土层上釉。

四

这土黄色的软颚音的水流
拼读着自身：莫欧拉[①]
是它自己的曲谱和乐师，

将流域筑基
于话音，
芦管之乐，一支老风笛

将它的薄雾吞吐
在元音和历史。
一条烂漫的河，

① 盖尔语中大致念“莫（格）欧拉”，有一个不响亮的 gh 颚音。参见下文《布勒赫》。

一片琴瑟和鸣的声响
升腾让我欢欣，我是大财主了，
共同地场的囤积者。

布勒赫[1]

河滨，长长的田垄
在阔叶酸模中结束，
一条密仄的小径
通向浅滩。

花园的腐殖土
疏松易碎，阵雨
聚在你的鞋后跟下
呈黑色的 O，

如“布鲁阿赫”
那低沉的鼓点
在迎风的波波树[2]
和大黄叶梗子当中[3]

结束得几乎

---

① 布勒赫（Broagh），希尼家乡的一个村庄，与道森镇相邻，盖尔语意为岸滨（bruach）。

② 波波树（boortrees，bourtree）即接骨木，因树枝木质部可抽出制成玩具噼啪筒而名，诗中可能指枪炮，下行的叶梗指刀剑。

③ 大黄（rhubarb）有长叶柄，在西欧用作果蔬。

猝然，就像词尾的那个

“gh”，叫外地人[①]

实在难以掌握。

① 外地人（英国人）一般把 Broagh 念：布鲁、布罗格。

神谕所

躲在柳树的
大树洞里，
做它的谛听伙伴，
直到家人跟往常一样
在满地里
咕咕你的名字。
你听见他们
抽开篱门的柱杆
渐渐靠近
想叫你出来：
一个木质的缝口
便是小小的嘴巴和耳朵，
苔藓丛生处的
耳垂和喉咙。①

① 耳垂和喉咙（lobe and larynx）两个词使用了希腊辞源的术语，回应标题“神谕”（Oracle）的古希腊文脉。古希腊的神庙先知需要借助月桂叶通灵，或通过橡树叶的沙沙声来解读神意。

一首新歌

我遇见一个来自德里加弗的姑娘，[①]
这个地名，如消散的强力麝香，
令人回想那河水的漫漫湾流，
一只翠鸟在雾霭中迅如蓝电

还有像漆黑的臼齿一样
咬进河滩的阶石，漩涡的
狡黠釉光，莫欧拉河
在桤树林下恣意徜徉。

德里加弗，我觉得，正是：
失传的音乐，朦胧的流水——
由这位偶遇的维斯太贞女倾注
这醇美的奠酒来自往昔。

但如今我们的河流之舌必须抬起，
从生来惯常的轻舔之深变成
洪峰，以元音化的拥抱，
淹没那些以辅音标出界桩的领地。[②]

---

① 德里加弗（Derrygarve）是希尼家乡的一个村庄，盖尔语意为“橡林地”。

② 领地（demesnes）原指封建领地，多属于亲英派地主，在希尼诗中一般泛指新教徒的地产、房产。

而道森城堡我们将征召，①
还有阿普兰，每一座被垦殖的墙垣——②
像晒青场要重新长满绿草——
一个纯音节词，作为土城和石钵。③

---

① 道森城堡（Castledawson）是希尼家乡的一个小镇，坐落在莫欧拉河畔。时任北爱尔兰首相詹姆斯·克拉克的母亲即为该镇领主道森家族后裔。镇外有古代土城遗迹（rath）。

② 阿普兰（Upperlands）是希尼家乡以北的一个村庄，盖尔语意为“大河滩”，因克拉克家族制麻厂而闻名。

③ 石钵（bullaun）是天然形成的碗形凹石，所盛雨水被认为有神力。

另一边

一

在齐腿深的莎草和金盏花丛中
一个邻居将他的影子投在[①]
溪流上，引证说：

“这块地，穷得跟拉撒路一样，”[②]
然后从晃荡的枝叶间
一扫而去。

我躺在他家的草坡
和我们的休耕地的交界处，
窝在苔藓和灯芯草丛里，[③]

我的耳朵忍受着

---

① 希尼小时候的一个邻居是新教徒，希尼家是天主教徒。

② 参见《新约·路加福音》中财主和拉撒路的比喻：拉撒路是一个浑身烂疮的乞丐，死后上天堂，而财主死后下地狱。财主求亚伯拉罕怜悯，亚伯拉罕拒绝了，他说，“在你我之间，有深渊限定，以致人要从这边过到你们那边是不能的，要从那边过到我们这边也是不能的。”

③《伊索寓言》中有一棵小小灯芯草吹牛说它的烛光比日月星辰还辉煌，结果被一阵微风吹灭了。

他那传说般的、圣经式的不屑，
那种上帝选民的腔调。

每当他以那副样子站在
另一边，满头白发，
用黑刺李手杖

挥打着湿地的野草，
他总是对我们贫瘠的田亩作出预言，
然后转过头

走向他那高居山坡的
上帝应许的垄畦，身后的花粉
一路飘过我们的田埂，下一季长成稗子。①

二

多日来，我们诵读
始祖们的一篇篇格言：
拉撒路、法老、所罗门

---

① 参见《新约·马太福音》稗子的比喻：天国好像人撒好种子在田里，但人睡觉的时候，仇敌来了，将稗子撒在麦子里就走了，到长苗吐穗的时候稗子才显出来。但是不能薅稗子，那样会连麦子也拔出来，只能等到收割时再进行分别。

还有大卫和歌利亚恢弘地
滚滚而来，像满满的运草车[1]
对我们的小巷来说实在太大了。

或在辙子上磕磕绊绊——[2]
“我相信，你们那边的会所
根本不是依着《圣经》来建的。”

他的脑子是刷得雪白的厨房，
挂满经文，打理整齐，
就像一座新教堂。

三

有时，当《玫瑰经》哀哀戚戚
在那厨房里磨蹭，[3]
我们会听到他的脚步绕着山墙，

但直到连祷文结束
才会听到门口传来敲击声
而门阶上响起轻松的

---

① 滚滚而来（rolled），也可理解为：信口道来、口若悬河。
② 磕磕绊绊（faltered），也可理解为：结结巴巴。
③《玫瑰经》是天主教的祈祷文，诗中可能指希尼家的祈祷声音传到邻居那边。

口哨。“夜色优美啊，”
他也许会说，“我刚好遛弯路过，
突然觉得，不如顺便拜访一下。”

但此刻我站在他身后的
漆黑庭院里，在祈祷的哀怨声里。
他一只手插着裤兜

或用木杖跺着小曲的节拍，
怯生生地，好像他撞见了
别人在做爱或者哭泣。

我不知道我是该溜掉，
还是上前去拍拍他的肩膀
然后谈谈天气

或草种的价格？

图伦男子[1]

一

总有一天我会去奥胡斯[2]
看看他那泥褐色的头颅，
他的嫩豆荚式的眼睑，
他的尖顶皮兜帽。

在那附近的原野
人们将他掘出，
他的最后一餐冬储草籽稀粥
已在胃中结块，

浑身赤裸，只有
帽子、绞索和腰带，
我会在那里看上很长时间。
他是献给女神的新郎，

① 图伦男子（Tollund Man）是1950年在丹麦沼地发现的一具古代男性干尸，保存完好，面容如生。研究发现，他是被绞死的人祭牺牲品。

② 奥胡斯是丹麦第二大城市，靠近图伦男子古尸的发现地和博物馆。

而她在他身上抽紧项圈
并打开了她的沼泽，
那些乌黑的浆液把他
泡制成一具长存的圣体之躯，

泥炭工的蜂巢般的
矿坑里的宝藏。
如今他那脏污的脸庞
安息于奥胡斯。

二

我要斗胆冒黩，
奉这蒸腾的泥沼
为我们的圣地并祈求
他能够催发

那些散落、伏藏的
劳动者的血肉，
横陈在场院里的
只穿袜子的尸首，

流露真情的皮肤和牙齿
斑驳了枕木，

年轻的四兄弟被一路
沿着铁路拖行。①

三

当他乘着囚车
他那悲哀的自由会有些许
降临我身上，驱策我，
说出这些名字：

图伦、格拉堡勒、尼贝尔加德，②
我张望那些乡民的
指路的手势，
完全不懂他们的语言。

远在日德兰
那些古老的杀人的教区
我会感到失落，
郁郁寡欢又宾至如归。

---

① 爱尔兰内战期间（1919—1921），有 4 个天主教徒兄弟被新教徒民兵杀死，他们的尸体被挂在列车上拖行破碎。

② 丹麦沼地古尸的发现地，也是古尸的名字。

婚礼日

我很害怕。
那一日的声音已停止
而影像还在转啊[①]
转啊。为何他泪流满面，

悲痛欲绝地站在
出租车外？哀悼之液
涌动在我们那些挥手
告别的宾客身上。

你在蛋糕塔后面唱歌，
像一个被遗弃的新娘
在疯狂中坚持
走完所有仪式。

上洗手间的时候
我看见一颗被刺穿的心
和一句爱的箴言。请让我
靠着你的胸脯一直睡到机场。

---

① 回忆如录像倒带，或默片老电影。

夏 巢

一

是不是风吹翻垃圾
或别的什么，在燠热中

追逐我们，夏季已腐坏，
一个臭巢在某处发酵？

是谁的错，我像审判官
质问这着了魔的空气。

恍然醒悟，
掀开地垫，

全是蛆虫在蠕动——
我烫、烫、烫。

二

在门上插花，我满抱

野樱桃和映山红，
我听见她细不可闻的抽泣
在大厅那边嚎啕和哽咽
我的名字，我的名字。

哦，亲爱的，全都怪我。

散开的鲜花在我们中间
收拢起来，组成
一个五月花坛的样子。①
这些坦承和凋落的花朵
很快就污染到香膏上。

护理。给创伤敷油。②

三

哦，我们把创伤细心护理，
躺在朴实的床单下

仿佛那刀刃的冰锋
已裹紧了我们。

---

① 五朔节期间，天主教信徒用鲜花装饰家中的圣母小祭坛。
② 天主教圣礼中有给病人敷油（涂油）以求基督安慰和拯救的仪式。

我越来越主张
厚实的治疗，像现在

你弯腰淋浴，
流水从你乳房的圆钵上活蹦乱跳地倾泻。

四

一个最终的
不合拍的捶击，
长长的木纹
爆裂并一路

劈开，而我们再一次
溃决了
那洁白的、践踏的
通往心灵的小径。

五

我的孩子们在异国炎热的夏夜哭闹。[①]

---

① 诗中讲述希尼夫妇带着两个小孩在法国西南部比利牛斯山区度假时发生的情形。

我们在地板乱走，我的臭嘴对你
发泄一通，然后我们硬生生躺到天明，
侍弄那些枕头，和玉米，以及葡萄，

它们向着阳光结满累累的硕果。
昨天的岩石还在歌唱，当我们在那洞窟
滴滴答答的古老幽暗中把钟乳石拍打——
我们的爱情呼声纤细像一个音叉。

灵薄狱[1]

贝拉香农的渔夫[2]
昨晚去打鲑鱼的时候
捞到一个婴儿。
一个非婚生的崽子，

一条被扔回水里的
小杂鱼。但是我相信
当她站在浅滩
轻轻地把他浸入水中

直到她的双腕冻结
像卵石一样僵硬，
他就像带钩子的小杂鱼
将她的身体撕裂。

她画着十字
一路涉入水中。
他和鱼儿一起被捞上来。

---

① 灵薄狱（Limbo），天主教传说中善良无邪但未经洗礼者（如婴儿）死后灵魂所居的地方，因为死婴仍有原罪尚未洗清，所以不能上天堂。

② 贝拉香农（Ballyshannon），盖尔语本义：肖尼克滩河口。爱尔兰西北的一个古镇，西临大海，东与北爱尔兰接壤。

现在，灵薄狱应是

一大片灵魂在茫远的
咸海区寒光闪闪。
那里没有疗救，连基督的手掌[①]
也剧痛刺骨，无法捕鱼。

① 耶稣被钉十字架后在掌中留下创口，所以诗中写，被咸水刺激会剧痛。

野　种

他被她关在鸡舍
直到有人发现。他
一句话也不会说。

当灯泡点亮，
像光明的蛋黄
挂在他们的后窗里，
那窝棚中的孩子
把眼睛凑向一条缝隙——

小小的鸡舍男孩，
脸尖得跟记忆中的
新月一样，你的照片依旧
闪现，像一只啮齿动物
穿过我心灵的底层，

小小的月亮人儿，
身陷狗窝仍忠心耿耿
守在后院的角落，
你羸弱的身体，光辉，
轻飘，搅动着尘土，

蛛网，和鸟巢下
陈旧的遗矢
以及剩饭的干瘪气味，
她每天早晨和傍晚
从喂食口倒给你。

那些脚步过后，便是寂静；
不眠，寂寞，禁食，
未经洗礼的泪水，
对光明的困惑的爱。
但此刻你终于说话，

用遥远的动作
摹拟不可忍受之事，
你张口结舌的证词
表明月球的距离
远超爱的范围。

西行记

作于加利福尼亚[1]

我坐在兰德麦纳利的[2]
月球全景图底下——
它色如蛙皮，
那些放大的毛孔

满张着，齐眉高的那颗
叫“皮蒂斯楚斯”——[3]
回想昨夜
在多尼戈尔，我的影子[4]

齐整地在白墙上
映着她瘦削的光彩，
场院里的圆石
如鸡蛋一般皎洁。

---

① 加利福尼亚（California），地名出自 16 世纪传奇小说中的人间天堂。

② 兰德麦纳利（Rand McNally）是美国最著名的地图出版社。

③ 皮斯提斯楚斯（Pitiscus）是月球的一个环形山，在月图上一般位于右下角，环中有一个小山锥，略如粉刺；音近葡萄牙语 petiscos（美食）、意大利语 patisco（我遭受）、拉丁文 pisticus（真的、纯的）、希腊文 πειστικός（可信的）。

④ 多尼戈尔（Donegal）是爱尔兰最北部的郡，北爱尔兰的德里郡西边。

夏季已成自由落体，
到此结束，
西部的竞技场
空空荡荡。圣周五[①]

我们已经出发，
路过午后拉闸的商店，
静穆的教堂前静滞的车流，
墙边倚靠的一排单车；

我们向前开，
一个渐渐消除的梗阻，
此时的铃舌也摇响
在空置的祭坛，[②]

信众俯首敬拜
镶金嵌玉的十字架。
是怎样的铁钉断开这时辰？
前路甩开，甩开了

辽远的光线，如浮标

---

① 复活节前的星期五即耶稣受难纪念日，天主教地区的店铺大多早早打烊，虔信徒守斋戒、行苦路，教堂先保持完全肃静，然后举行拜十字架、领圣餐等仪式。

② 圣周五前期，祭坛完全清空，十字架敬拜仪式时才逐渐放置礼器。

悠悠落在
粼动的水面。
在月球的瘢痕之下，[1]

六千英里之外，
我想象一颗无忧的尘埃，
那松弛了的重力，
在基督的双手中衡量。[2]

---

① 瘢痕（stigmata），在天主教又特指耶稣受难时留下的创痕。

② 十字架上耶稣的两手被钉；伽利略在比萨斜塔投下两颗重量不同的铁球，证明了自由落体定律。

筑巢地

沙燕的巢是河岸上一眼眼射击孔似的黑洞。他可以想象他把手臂伸进袖窿，紧窄拘束，但因为他曾感受过一只死掉的知更鸟爪子上的冰冷尖刺和它那小小的喙的惊人致密所以他只能观望。

他听见啁啾传来但因为有人曾向他展示过麦垛底下的一个老鼠窝里那些紧粘着糠皮和草末子的潮湿粉嫩的颈脖和后背所以他只能远听。

当他在哨位执勤，守望着，等待着，他想把自己的耳朵贴向一个废弃的洞穴，倾听那地下发出的沉默。

英国的麻烦[①]

那时我在各种大概念当中活动，像一个双面间谍。

“敌人”一词具有割草机一般牙尖齿利的威能。那是一种机械性的遥远噪声，超越那晦暗的防卫设施，超越那自治的愚昧。

“德国人轰炸贝尔法斯特的时候，越是邪恶的橙区[②]越是被炸得凄惨。”

我骑在别人的肩膀上，被驮着穿过星光灿烂的场院去观看安阿霍利什上空的漫天战火。大人们一个个压着嗓子回到厨房坐下，仿佛远足归来一样疲惫不堪。

在灯火管制背后，德国呼叫透过懊恼的毛毡传进油灯下的厨房，干电池、湿电池、细丝线圈、球形电子管，随着指示针，叽叽咕咕地赦免斯图加特和莱比锡。[③]

“他是个艺术家，这个哈哈儿[④]。他说的真是棒

---

① 谚语：英国的麻烦，爱尔兰的机会。诗中回忆希尼小时候的二战见闻，当时很多北爱尔兰天主教徒对英国及北爱尔兰遭到德军轰炸幸灾乐祸。

② 橙色是新教的代表色，因为历史上奥兰治王朝（Orange）一直是新教的支持者，来自奥兰治王朝的威廉三世（1650—1702）扶持、壮大了爱尔兰的新教徒势力。

③ 可能指斯图加特、莱比锡等德国城市在二战中也遭到毁灭性轰炸。

④ “哈哈大王”是二战期间纳粹广播《德国呼叫》中最著名的英语节目，英籍爱尔兰裔播音员威廉·乔伊斯（William Joyce，1906—1946）战后被判处绞刑。

极了。”

我和“阿尔斯特之敌”[①]同住，这些进不了厅堂的贱仆。作为一个调侃高手，我穿越火线，谨慎地念出口令，小心应对岗哨的每一句话，决不向人透露任何消息。

① 阿尔斯特（Ulster）泛指北爱尔兰地区。

垂　临

仿佛一个曾有恩于我们的幽灵，它不停踏动空气，然后在高烧惊颤中栽倒[①]。那时，刚从它的变形镜[②]中释放，他来到田野里，这位笑容笨拙的外乡人受到笨拙地接待，他仅仅与我们同坐便安抚了整个漫长的礼拜天下午。

真神显圣，你曾叫“假释”[③]和“战俘”[④]活灵活现，但如今你在哪里？牙刷头抛光的戒指，瓶中的帆船，电灯泡里的蒂罗尔雪山，这些宝贝都在哪里？

“他们样样都拿手，这些德国人。”

离开猎捕者和窝藏犯的个别审判，他转身走回绿波轻舔的芳草地。他仍在走着，感觉到我们对他的后背的注视，踏着他所造就、释放的那想象的空气，走向他的苦劳。

---

① 也可理解为：在迷狂抽搐中突现、在炎夏震雷中从天而降。

② 变形镜（distorting mirro）即哈哈镜，诗中戏指管教所（reformatory、correctional）。

③ 假释（parole），本义：言语、诗词、誓言。囚徒发誓不再犯可获假释，战俘发誓不再战方可自由。诗中又戏指《新约》名句：太初有道，道与神同在，道就是神；“道”在法文版即为“Parole”。

④ 战俘（POW），同形词在漫画中表示枪击或爆炸声“砰”，另参考 pow（脑袋）、power（能、力、权柄）。

试　飞

“欢迎第八军凯旋。”[①] 这话肯定带些挑衅的意思，因为它刷在领地的围墙上，一条大标语压着“谨记一六九〇”和“决不投降”[②] 的旧闻，我携着这些消息在文字的辽阔翼展下匆匆而去。

穿卡其布衬衣、系铜扣皮带的老兵邻居靠在我家门柱上。我父亲在两个衣兜深处叮当摇着银饰，听着玫瑰经念珠碰出的响亮敲击声哈哈大笑。

“在那边他们没把你变成天主徒？”

“怕个屁！我特意偷回来给你，帕弟，乘教皇老儿一转身就从他抽屉里顺了。”

“你拿去诓一头驴吧。”[③]

他们的笑声高航在我的头顶，一片刺耳喧嚣，两只大鸟紧张兮兮地俯冲、爬升，在一个领域上空进行试飞。

---

① 英军第 8 军团在二战期间参加了北非和意大利战场作战，是攻克罗马的盟军主力之一。

② 1688 年光荣革命后，威廉三世的新教联军和詹姆斯二世的天主教联军在爱尔兰爆发双王战争；1689 年，德里城的威廉军被围困，坚守 105 日不败，他们的口号是“绝不投降”；1690 年，威廉军在博因河战役击败詹姆斯军。这些都是爱尔兰新教徒的骄傲和常用标语。

③ 老兵邻居是新教徒，但他给“我”的父亲带回天主教的念珠作小礼物，族群矛盾一时间弥合了。

隐　修

阳光在礼拜堂的铅框窗格里蹭出了老茧，一幢幢立在圣坛的水磨石地面上。当值牧师对着梁柱和灰雕磨练他的发音，我们在长椅的坚硬倒角上磨练手肘，或掰弄我们的弥撒书上厚厚的烫金。

我可以将那六年的时光做成一本书，一套描绘高墙深山中礼拜和玩乐的弗莱芒式月份牌。瞧：我们身后的山坡上有一个墓园，河对面的田野正在耕耘，它们之间，一座城门紧闭的市镇。这儿，恭顺的神甫在亲吻主教的戒指，这里是一道表现四季游艺的横楣，这里是勤勉的画师本人，在角落里埋头工作。

在自习室，我的手跟严冬里的写经师一样冷。督学员窸窣走过，思忖着日课经，他的滚边拷花皮鞋在法衣下露出不经意的世俗气息。现在我将线段等分为A、B，现在我从李维史记中找出主要动词。熄灯后，我对着天窗修订星座图，天明时，怀着欣喜的自强自尊，打破珐琅水罐上的冰层。

西行苦路[①]

我第一次在盖尔区过夜的时候，有个老婆婆对我说英语："你会很开心的。"我坐在朦胧的床边听着墙那边传来流利的爱尔兰语，让我对一种本该根除的语言产生了留恋。[②]

我已来到西部，呼吸那绝对的气候。空想家们在我的脸上喷着施粥场的味道，把光头党人的坟土和我们教义中斋戒的唾液掺和起来给我的嘴唇涂抹。"埃斐特[③]"，他们怂恿我。我涨红了脸但也只能憋出几个词。

住在阁楼房间[④]的那些天，四周都仿佛充满了神启，不过却没有什么灵舌之术降临到我身上。但我还是不断回想这西行苦路，白白的沙，硬硬的石，明晃晃的日光高悬，就像在定义着兰纳菲斯特和埃勒根、阿纳格利和金卡斯拉[⑤]：名字是便携的，如同祭坛石、无酵面包。

---

① 苦路（stations）原指为纪念耶稣受难经过的一系列 14 个十字架，设立在教堂内或路旁亭中，供信众一路敬拜。西部指爱尔兰北部的多尼哥郡，在北爱尔兰地区的西边，属盖尔语区。

② 埃德蒙·斯宾塞在《论爱尔兰时局》(1596）中鼓吹灭绝爱尔兰语言，认为动乱的主因之一就是爱尔兰语，如果孩童口中说爱尔兰语，心里也必定是爱尔兰的，必须全盘用英语取而代之。

③ 埃斐特（ephete），古希腊的大法官，诗中可能指 ephebe（年轻人）和 effete（颓废、娘炮）的混合，可能是乡下神甫说的拉丁文。

④ 阁楼房间（upper room），也指耶稣和门徒的住所，被称为第一个教堂，耶稣在这里进行最后晚餐、为门徒洗脚、复活显现、为门徒灌注圣灵使他们有口才会说外语等。

⑤ 多尼哥西部沿海的几个村庄，相距不远。

未　定[①]

我要靠它乔装打扮，以柔软的教堂拉丁语念出 c 音，使尽解数贴上它，像一条受潮的导火索。不敢确定。一个羞怯的灵魂苦恼不安。专家拜服。

是啊，我先会爬才会走。老笔名贴在那里就像一层剥落着的外皮。

---

① 原题为拉丁文 Incertus，也是希尼早年用过的笔名。

莫斯浜：献诗二首

给玛丽·希尼[1]

一、阳光

曾有一种阳光下的空无。
披盔戴甲的泵井在场院里
晒热了它的钢铁，
井水醇化

在吊桶里，
而太阳高悬
像一张煎锅
靠着墙边

歇凉在每个漫长的下午。
那时，她的双手奋斗
在烤盘上，
当通红的火炉

给她送去

① 玛丽·希尼是作者的姑妈，非常疼爱他。

炽热的勋牌，
她穿着面粉扑扑的围裙
站在了窗前。

此刻她掸干净案板
以鹅毛的翅膀，
此刻又坐下，膝头宽阔，
指缝粘白，

小腿斑斑点点：
这里又重新成为
一个空间，松饼鼓胀
在两口时钟的滴答声里。

这就是爱，
像一把白铁勺子
带着光泽
舀进储粮缸。

二、切薯种者

他们仿佛远在几百年外。布鲁盖尔，[①]

---

① 布鲁盖尔（Breughel），应指尼德兰画家老皮特·布鲁盖尔（Pieter Bruegel de Oude，约1525—1569），以乡村风俗画著称，他所处时代尚未引进马铃薯，但祖祖辈辈劳作的农民是相似的。希尼诗《妻子的故事》也引用了布鲁盖尔的《麦收》《割草》等画作。

如果我写得真切你就能认出他们。
他们跪在篱笆下围成一个半圆，
躲在被大风吹透的挡风墙后边。
他们在切薯种。芽苞的褶裥
从那些埋在麦秸底下的马铃薯
种块上冒出。他们一边消磨时间
同时又把握着时机。每次切进利刃
都懒懒地剖开一个块茎然后让它
在掌心破裂：乳白的流光，
以及，核心处，暗暗的水印。
哦，月份牌的风俗！在金雀花
黄灿灿的覆盖下，组成横楣
把我们全都刻在那里，我们的无名氏们。

葬　礼

一

我肩负着某种男儿气概
走进屋去扛起
那些亲人的棺材。
他们已经停放

在被污染的房间，
他们的眼睑反着光，
白如面团的双手
镣锁在念珠之中。

他们肿胀的指节
展平了皱纹，指甲
变成乌黑，手腕
顺服地斜搭着。

褐海苔色的裹尸布，
缎面绗缝衬垫：
我恭敬地跪下来

赞美这一切，

熔蜡淌落
挂满了烛枝，
火苗盘旋
映着在我身后

盘旋的妇女。
总是放在一个角落，
棺材盖上的
钉头装饰着

小十字星。
亲爱的皂石面具啊，
吻上那些冰穹般的额，
不能不知足了，

然后铁钉将钉紧，
每一场葬礼的
黑色冰川
推向前方。

二

现在一听到

邻里相杀的消息
我们就渴望传统
葬礼和丧曲：

脚步缓慢的
出殡队蜿蜒绕过
每一栋拉窗帘的住宅。
我愿重修

博因河的那些巨大墓室，[①]
设置一个坟冢
在杯形纹石刻底下。[②]
从一条条侧街和旁道驶出的

突突响的私家车
拱进了队列，
整个国家都把频率调向
一万台引擎

那沉闷的鼓动声。
梦游般的妇女

---

① 博因河（Boyne）位于爱尔兰东部，附近有包括博因宫巨石墓群、塔拉山古王都遗址在内的众多古迹和废墟。

② 杯形纹石刻（cupmarked stones），包括圆凹、圆环、套环、螺旋等图案，在欧洲史前文化中常见，如爱尔兰的博因宫巨石墓。

留在家中，挪动
在空荡荡的厨房，

想象着我们迟缓的
向着陵丘前进的凯旋式。
寂静得像一条蛇
蜿蜒在它的草丛大道，

队伍拖着长长的尾巴
走出北方山口①
而头部已进入
巨石垒就的大门。

三

等他们把石头
在墓口砌好
我们就要驱车再次北返，
经斯特朗和卡尔林的峡湾，②

记忆的反刍

① 北方山口位于北爱尔兰南界，是兵家必争之地。
② 爱尔兰和北爱尔兰的东部沿海交界处附近的两个峡湾，地名来自北欧古挪斯语，与维京人有关。

一度平息，世仇的
仲裁令人抚慰，
想象在山丘下的那些人

安置妥当，像古纳[①]
优雅地安息
在他的陵冢之中，
尽管死于暴力

且未曾报复。
有人说，他在吟咏
关于荣誉的诗篇，
四根蜡烛燃烧

在墓室的各个角落：
当时大墓开启，他转头
露出喜悦的脸庞
看向月亮。

---

① 古纳（Gunnar），北欧人名，意为：勇士。诗中可能指中世纪冰岛史诗《燃烧的尼尔》中死于仇杀的无敌勇士古纳，他本可逃亡，但临行时回头看到故土的美，深受感动，决定留下来面对命运。

北　方

我又回到这漫漫的沙滩，
海湾千锤百炼的曲线，
但只寻得大西洋的雷鸣中
那现世的威能。

我面对着冰岛
毫无魅惑的邀约，
格陵兰可怜兮兮的
殖民地，猛然间

那些传说中的海盗，
那些掩埋在奥克尼和都柏林的[①]
与他们锈蚀的长剑
尺寸相当的人，

那些躺在石板船的[②]
坚实的舱内的人，

---

① 奥克尼（Orkney）是苏格兰外海的一个群岛。奥克尼和爱尔兰都曾被维京人统治过，都柏林城最早是维京人建立的。

② 石板船（stone ships）是维京人墓葬的一种形式，由一块块石板在墓穴四周大致围成椭圆形或相连的葫芦形。

那些被砍杀但仍闪烁
在流凌中的人，

化作震耳欲聋的海涛声
警告我，再次响彻
在暴虐和顿悟中。
那长舟劈波斩浪的巧舌[①]

浮动着后知之明——
它说，雷神之锤
砸出地理和贸易，
没头脑的媾和和报复，

议会的憎恨和阴招，
谎言和女人，
力竭时号称和平，
记忆中仍孵育污血。

它说："躺下吧，
在语言宝藏之中，
探掘你头脑的垄沟
那些盘曲和微火。

---

① 长舟（longship）是中世纪北欧海域常见的一种桨帆船，以维京人的战船最著名。

在幽暗中写作吧。
在长途奔袭中
等待北极光
而不是倾泻的光明。

要保持眼睛清亮
如冰柱的气泡，
要信任你的双手已熟谙
那些晶莹珠宝的触感。”

维京时期的都柏林：试作[①]

一

可能是一块颌骨或肋骨
或是从某种更坚实
物体切出的部分：
总之，一个小轮廓

已经刻上，有笼子
或格栅浮现出来。
像一个小孩的言语
跟着他的书法

曲扭前进，
像一条鳗鱼
吞下一大筐鳗鱼，
那线条把自己吓得

---

① 795年，维京人在爱尔兰岛登陆，841年建立都柏林城，前后统治100多年。20世纪60年代，维京时期古城遗址被发掘，许多遗物和复原场景在爱尔兰国立博物馆进行展览。

闪避人手
对它的喂养，
尖嘴飞跃，
鼻孔凫游。

二

这些是试作，
手艺的奥妙
在骨刻上崭露头角：
叶形饰，兽形图，

精工细作的交缠纹，
如谱系和贸易
网状的线路图。
这必定要

放大来展示，
于是鼻孔
化作远航的船艄
游嗅利菲河，[①]

---

① 利菲河（Liffey）是都柏林城赖以建立的主要河流。

探入河滩，
然后掩饰于
鹿角梳、骨针、
硬币、砝码、秤盘。

三

像一柄长剑
深埋在它潮湿的
葬土的鞘中，
龙骨已紧紧嵌在

岸边的锚地，
它的层叠式船体
顶破的爆裂音
如“都柏林”。

如今我们抵达
一片残破脊梁，
篱笆的肋骨，
母亲河的藏宝洞——

而这件试作品，
一个小孩雕刻的

长舟，一段轻扬的
远航的线条。

四

它化入我的手书，
笔走龙蛇，连绵奔逸，
我循着一道兽形的尾迹，
一条思想的蠕虫

进入淤泥。
我是丹族人哈姆雷特，[①]
骷髅调教师，寓言家，
王国腐败的

嗅探员，注入了
它的毒液，
被群鬼和种种挚爱
谋杀和虔敬

绑缚，
跳进墓穴，

---

① 有史料记载，征服爱尔兰的维京人来自丹族（Danes）。莎剧《哈姆雷特》发生在后来的丹麦王国。

才恢复意识，
惊惶中，胡言乱语。

五

跟我一起飞吧，
呼吸风，
以维京人的
专业知识——

睦邻友好，刀刀见血的
杀手，砍人的
和砍价的，放贷人，
怨恨和利润的囤积商。

以屠夫的沉着
他们摊开你的肺叶
并给你的肩头
安上温暖的翅膀。

先辈们，一起来吧。
对世仇以及城镇
或伏击的布局地点
了如指掌的老估价员们。

六

吉米·法雷尔说，[①]
“你知不知道
他们在都柏林城里
藏了很多骷髅？

白骷髅黑骷髅
还有黄骷髅，有些
牙口齐全，有些
只剩一颗牙，”

然后他在锅子里炮制
历史，“那个老丹族人，
也许，早淹死在
洪荒时代。”

我的话语在卵石堤上
四处拍打，悄悄
巡猎，像土制软皮鞋
踩过遍地的骷髅。[②]

---

① 法雷尔（Jimmy Farrell）是爱尔兰剧作家辛格（John Millington Synge，1871—1909）的作品《西方纨绔》（1907）中的一个农夫，他醉醺醺地胡说他对都柏林的臆想。诗中两处引文均出自该剧第 3 幕开头。

② 据《新约》记载，耶稣被钉十字架的刑场叫“各各他”，意即骷髅地。

骨　梦

一

一根白骨
捡拾于牧场：
粗糙、疏松的
触觉语言

以及它泛黄的肋状
印痕在草丛中——
像一个小小的船墓。[①]
死透如石头，

燧石髓，白垩里
结块的宝贝，
我又再抚摸它，
我用心灵的机弦

将它投出，

---

① 维京人常以长舟为棺。

砸向英格兰
然后跟它落在
异域的原野。

二

骨屋：[①]
在言语的
旧地牢[②]
已成骷髅。[③]

我从用词
倒推，
伊丽莎白式华盖。
诺曼纹样，

普罗旺斯
色情的五月花[④]
和教士们

---

① 骨屋（bone-house）是按古英语构词法生造的词，诗中指一个人被骨骼包裹着的骨髓、头脑、心灵、血脉等，参见本诗第 3 章；另参见德语 Beinhaus（骨堂、人骨教堂）。

② 地牢（dungeon）本义指一座城堡的主塔（donjon），源自拉丁文 dominio（统治、领域）。

③ 骷髅（skeleton）也可指一座建筑的框架梁柱。

④ 中世纪普罗旺斯的吟游诗人（troubadour）创作了很多言情作品。

缠绕的拉丁文

直到吟游诗人的 [①]
弦琴，辅音的
钢铁寒光
劈断了线索。

三

在语法
和变格的
藏宝库
我寻到“*bān-hūs*”，[②]

它的火，长椅，[③]
篱条和椽木，
让灵魂
能扑翅片刻

在横梁上。
那里有一个小罐子

---

① 这里的吟游诗人（scop）特指中世纪在英格兰地区活动的诗班。
② 古英语 bān-hūs，意即：骨屋、躯干、身体。
③ 骨头的火即英语 bonfire（营火、葬火），点燃在人们大聚会的场合。

装着大脑，

还有传宗接代的

一口大锅

悬在中央：

爱巢，血窝

梦的香闺。

四

归来吧，经过

语文学和复合词，①

重新进入记忆，

骨的栖所

在草丛中筑成

一个爱巢。

我抱紧爱人的头颅

如一块水晶

并任自己骨化

① 复合词（kennings），本义：知识，特指古代北欧诗歌的一种修辞法，不直言某物，而是用两三个词连接起来组成复合词来比喻它，如“海马”即船、“鲸路”即海，又如前文“骨屋”“爱巢”“梦阁”等复合词。

在目光中：我是她
崖下的碎石堆，
是她丘峦上凿刻的

白垩巨人像。[①]
我的双手立刻
从她脊柱的深深凹堑
滑向峡口。

五

最后我们
互相拥抱
在一道土壕的
唇间。

当我估量
怎样取悦她
指节的砌路，
手肘上的

旋转门，

---

① 英格兰西南部塞恩巨人像（Cerne Abbas Giant）高 50 米，在山坡上凿沟露出白垩岩而成，有硕大阳具，起源不详。

她额前的寨墙，
锁骨的
狭长走道，

我已开始步测
她肩头的
哈德良长城，梦到了[①]
处女堡。[②]

六

有一天早上在德文郡[③]
我看到一只死鼹鼠，
露水还凝结在它身上。
我曾以为鼹鼠

是筋粗骨壮的犁头
但它倒在那里
又小又冷
像一把凿子的柄。

---

① 哈德良长城（Hadrian’s Wall，Vallum Aelium）是罗马军队在不列颠岛建筑的横贯防御工事体系，可能最初为壕沟、土垒，后不断扩建。

② 处女堡（Maiden Castle）指不列颠岛上建于罗马时代之前的古城寨遗址，因20世纪30年代在多塞特郡处女堡遗迹的发掘而得名，本义可能是“巨丘”。

③ 德文郡（Devon）位于英格兰西南角，靠近巨人像，本义：深谷。

有人说，“吹吹，
吹开它头顶的绒毛。
那些小点点
就是眼睛。

然后摸到肩膀。”
我抚摸小小的遥远的奔宁山脉，[①]
草场和谷物的皮毛
一溜溜向南。

① 奔宁山脉（Pennines）是不列颠岛北部的主要山脉，距德文郡较远。

沼中女王[①]

我躺着等待，
在泥炭田和领地围墙之间，
在灌木丛生的平地
和玻璃尖齿的石砾之间。

我的身躯是盲文
被潜移默化的星力摸索：
黎明时太阳抚过我头顶
然后又把脚底冰凉，

寒冬的渗流
透过衣裳和皮肤
把我消化，
不识字的根茎

反复琢磨然后死于
胃囊和眼窝的
深穴之中。

---

① 诗中原型是 1938 年在丹麦沼地中发掘的一具古代女性干尸，名为艾尔林女子（Elling Woman），音近 Erin（爱尔兰的昵称）。她被一件皮斗篷包裹着，面部已毁，脏器无存，但发辫保存完好。

我躺着等待，

在深底的砂砾层上，
我的大脑乌黑了，
像一坛鱼卵
在地下酝酿着

波罗的海琥珀的梦想。
我的指尖只抓到烂莓子
那骨盆的破瓦罐里
生命的秘宝日益消散。

我的冠冕在腐坏，
宝石都掉落
在泥炭地里
像历史的轴承。

我的绶带是黑色冰川，
皱巴巴、脏兮兮的波纹
和腓尼基刺绣
已沤烂在我胸前

柔软的碛丘上。
我知道冬天冷得

像一道道峡湾的鼻尖[①]
拱触我的大腿——

湿透的雏羽，
沉重的兽皮褴褛。
我的头颅冬眠
在长发的湿答答的巢穴。

但这也让他们夺走。
我被一个农夫
用挖泥铲子
剃光剥净，

他又重新把我遮上
然后轻轻填满
我的头部和脚部
石门柱之间的深谷。

直到有一个贵妇收买他。
我的长辫子，[②]
一条黏乎乎的连结沼地的
脐带，被剪断，

---

① 碛丘和峡湾都是典型的冰川地貌。
② 艾尔林女尸的辫子原长 90 厘米，编结精致。

于是我从幽暗中复活，
骨骼断裂，颅如碎陶，
衣衫褴褛，杂草丛生，
在田埂上荧光烁烁。

格劳贝勒男子[①]

仿佛他曾被柏油
浇透，如今躺在
一张泥炭褥子上
好像还泪涌着

他自身的黑河。
两腕的肌理
如同阴沉木，
脚踵的圆球

如同玄武石蛋。
他的足弓缩干，
冷得像天鹅的掌蹼
或沼潭里泡湿的树根。

他的臀部是一只蛤蚌的
背缘和壳瓣，
他的脊椎是被拘束在

① 格劳贝勒男子（Grauballe Man）是 1952 年在丹麦沼地发现的一具古代男性干尸，全身赤裸，面目狰狞，手足部尤其保存完好，指甲还有红润。研究发现，他是被割喉而死的人祭牺牲品。

油亮的淤泥中的鳗。

脑袋高昂，
下颚被一个托板
顶起，露出他的咽喉上
被劈开的豁口，

如今已革化坚韧。
那愈合了的创伤
向着体内一个黑如
乌莓的地方爆开。

对他那栩栩如生的形象
有谁会说“死尸”？
对他那晦暗的沉眠
有谁会说“身体”？

而他那锈红的头发
未必是一团乱麻，
就跟胎儿一样。
我第一次见到他那扭曲的面容

是一张照片，
头部和一侧肩膀

从泥炭中露出，
像一个被产钳夹坏的婴儿，

但如今他完美地
躺在我的记忆之中，
从头直到他的指甲上
红润的角质，

已挂在那天平上
去称量美和残暴：
称量《垂死的高卢人》[①]
那撑在盾牌上的

过于严苛的规划，
和每一位蒙着头的
被砍杀被抛弃的
牺牲者的实际重量。

---

① 《垂死的高卢人》(Dying Gaul) 是 16 世纪初发掘的一尊古罗马雕塑，主人公可能是原居小亚细亚的古凯尔特人裸体战士，他的挣扎姿势与格劳贝勒男尸相似。

惩　治[1]

我能感到那绳套[2]
对她后脖子的
拉拽，以及那风
在她的裸胸上的寒意。

它把她的乳头
吹成了琥珀珠子，
它撼动着她的肋骨
那薄弱的舾装。

我能看到她那淹溺的
身体在泥潭深处，
还有那块沉重的大石，
浮动的枝条和树干。

在泥里，她先是
一棵被剥皮的小树，
后来被掘出

---

① 诗中描述一具古代少女干尸，她的眼睛被绑住，脖子戴着项圈，半边头发被剃掉，很可能是被古代部落溺杀的失贞女子。

② 绳套（halter）可指：马笼头、绞索、挂脖露肩装（女裙）。

橡之骨、脑之桶：

她被剃光的头皮
像一片黑色的麦茬，
她的蒙眼布是肮脏的绷带，
她的绞索如同指环

以存储
爱的记忆。
小淫妇，
在人们惩治你之前

你头发枯黄，
营养不良，但你的
被涂了黑焦油的脸庞也是美丽的。
可怜的替罪羊啊，

我简直要爱上你了，
但我一样会对你投掷
沉默的石头。①
我是一个狡猾的窥淫狂，②

---

① 亦即袖手旁观，以沉默纵容暴行。

② 狡猾的窥淫狂（artful voyeur），也可理解为：巧妙的观察者，即诗人的角色。

沉迷在你暴露的头脑
和晦暗中的沟壑，[①]
你的肌腱脉络
和你所有编了号的骨骼：

我就是一个袖手旁观的人，
当你那些不忠的姐妹
被焦油劈头盖脸，
在路障前哭泣，[②]

我会假装看不见
文雅的暴力，
但同时又明明深知这种
部族的、隐私的复仇。

---

① 沼地女尸被发掘时还存有脑组织。

② 英国与爱尔兰冲突期间，与对方男子交往的妇女会被激进分子施加侮辱，甚至逐出界外。

神奇的果实[1]

这是一个女孩的头骨，像掏空的葫芦。
鹅蛋脸，话梅皮，梅核似的牙。
人们剥开缠绕在她头发上的水苔
然后把它的卷缕做成一场展览，
给她那僵干的美来吹吹风。[2]
牛脂脑壳，易朽的珍宝：
她那缺失的鼻梁由一坨泥炭充当，
她的眼洞空空如废矿区的水塘。
西西里的狄奥多罗斯承认[3]
他对这类事情已渐渐看得开了：
被谋杀、被遗忘的、无名、恐惧的
被斩首的女孩，逼视着利斧
和宣福，逼视着[4]
那些已开始心生敬仰之物。

---

① 标题（Strange Fruit）取自美国同名抗议歌曲，1939 年由黑人女歌手比莉·霍丽迪演唱而成名。原词将遭受种族迫害被私刑吊死在大树上的牺牲者比作果实，他们的血肉仍在壮阔的南方风雨中生长、结果、喂养乌鸦，这是一种神奇又苦辣的作物。诗中所述背景是 1942 年在丹麦沼地发掘的一个女孩头颅，原始部落的献祭牺牲。另，天主教将耶稣及马利亚故事称为“奥迹果实”（Fruit of the Mystery）。

② 吹一口气即赋予生命，枯骨亦可回春。

③ 狄奥多罗斯（Diodorus Siculus），古希腊历史学家，著有《世界史丛书》40 卷，诗中以他代指历史。

④ 宣福（beatification）是天主教会追封死者的四个列圣仪式之一，在德行卓著（可敬者）的基础上又有一个神迹可列为享有真福者，如有两个神迹则升为圣徒。诗中指原始宗教的活祭，另暗指 beautification（美化）。

联合法案[①]

一

今夜，第一次胎动，心跳，
仿佛沼原汇聚的雨水暴涨
把沼泽溃决，一片泥流和洪潮，
一道切开蕨滩的刀伤。
你的脊背是东海岸的坚固轮廓
而你的胳膊腿脚被横陈
在徐缓的山峦那头。我抚摸
我们曾生长于斯的隆起的行省。
我是你肩后的高大王国
对此你既不逢迎也不能不顾。
征服是一个谎言。多年后我
勉强承认你半独立的领土，
在其疆界内，我的遗产如今
毫不容情地登上峰顶。[②]

---

① 联合法案（Act of Union）原指英国史上数次扩张疆域的法案，如1800年吞并爱尔兰，建立联合王国。

② 1921年《英爱条约》规定，爱尔兰南方26郡成为半独立、效忠英王的自由邦，而北方6郡划归英国。诗中将历史遗留问题比作胎儿，在1970年代达到高峰。

二

如今我依旧是这般至尊
雄伟，只给你留下苦痛，
殖民地的撕裂过程，
破城槌在体内轰隆冲撞。
法案催生了顽强的第五纵队
采取的立场越来越片面。
他的心像战鼓把旌旗高挥
在你的心底。他小小的双拳
寄生性的、无知的敲打
在你的疆界，我知道它们已按下扳机
跨海把我瞄准。任何条约
在我的预见中都不能完全奴役你
被足迹和妊娠纹刻画的身体，那剧痛
将你撕裂，再一次，如翻开的土地。①

① 翻开的土地（opened ground），1998 年版希尼诗选集以此语为书名。

赫拉克勒斯和安泰俄斯[①]

天之骄子，国之贵胄，
手扼毒蛇，肩挑牛粪，
他的壮志金苹果累累，
他的前程有战利品铺满，

赫拉克勒斯深知
从领土中汲取的
抵抗和黑魔法的威力。
安泰俄斯，大地的宠儿，

最终被断奶：
从前倒地一次恢复一次，
现在他被举起来——
挑战者的智慧

电光劈闪，
一把蓝色巨叉
将他的元力戳穿，
仿佛在大梦中丧失

---

① 赫拉克勒斯是古希腊神话中智勇双全的伟大英雄，安泰俄斯是地母之子，只要接触大地就力量无穷，赫拉克勒斯识破法门，将他举到空中杀死。

和起源——他的力量的
襁褓般的黑暗，
河网脉络，隐秘的峡沟，
那洞穴和隧道的

画影线的地面，
他已全部遗留
给挽歌人。巴罗尔会死，①
布莱特诺斯和坐牛都会死。②

赫拉克勒斯举起双臂
呈冷酷无情的V，
魔力已被击散，
他的胜利坚不可摧，

安泰俄斯被举起
如一座高山的剪影，
一个沉睡的巨人，
被剥夺者的稀粥。

---

① 在古爱尔兰传说中，魔王巴罗尔（Balor）有一颗毁天灭地的独眼，后来被他的外孙杀死。

② 英国埃塞克斯郡长布莱特诺斯（Byrthnoth，Byrhtnoth，？—991）死于抗击维京海盗，北美印第安人苏族领袖坐牛（Sitting Bull，1831—1890）曾领导部族大胜美军，他们都是反抗侵略的英雄，事迹为后人传颂。

不管你说啥千万别说话（节选）①

一

我写这首诗只因一次偶遇
英国记者来采访“怎么看
爱尔兰的事”。我回到冬居，
那里坏消息不再是新闻，

那里媒体人和通讯员东寻西嗅，
变焦头、录音机和绕线盘
扔了宾馆一地。时代已脱线，
但我仍信赖玫瑰经念珠

一如政治家和新闻业者
信赖他们在摘要和分析中
涂鸦的长期斗争，从催泪弹
和抗议到炸药和冲锋枪，

① 北爱尔兰曾有一幅海报，画面为一个手持冲锋枪头戴面罩的士兵，标语为：乱说话要人命，乘出租车、打电话、下馆子、看球赛、在家里聚会，无论在哪儿，不管你说啥千万别说话。

他们的心跳显示为“升级”，
“反弹”和“打击”，“临时派”，①
“两极分化”和“积怨已深”。
然而我同样生活在这里，我歌唱，

在第一批无线电报的高空天线②
娴熟地与亲邻友舍进行文雅交谈，
从那些举世公认、精工细作、老掉牙的反驳
嗽吮着伪造的趣味，碜涩的香料：

“太可耻了，真的，我同意。”
“究竟要走到哪一步？”“越来越糟。”
“他们是杀人犯。”“拘留，可以理解……”③
“理智的呼声”越来越刺耳。

二

“这里绝不是谈宗教”，当然。
“你一眼就能认出他们”，然后闭嘴。

---

① 临时派指爱尔兰共和军临时军事委员会，兴起于1969年的激进武装派别，曾多次袭击亲英社区平民目标，故被视为恐怖组织。

② 19世纪末，意大利发明家马可尼（Guglielmo Marconi，1874—1937）在英国成功开发出无线电报，并投入商业应用。马可尼有爱尔兰血统。

③ 北爱尔兰当局对涉嫌恐怖活动人员未经审讯即可拘留关押。

“这边跟那边一样坏”，糟透了。
基督啊，时候将至，小裂缝要爆开，

荷兰人建造的大坝再不能阻挡[①]
那危险的狂潮去追随谢默斯。[②]
然而尽管跻身这门技艺和伏案行业
我仍旧无能为力。著名的

北方式缄默，对地点和时间
勒紧口衔：是，是。我歌唱“小六”，[③]
你唯一能挽回的就是挽回面子，
不管你说啥千万别说话。

烽烟的大嗓门与我们不相上下：[④]
调兵遣将去搜索名字和学校，
不同称谓的微妙差异，
几乎没有超出常规的例外，

诺曼、肯、锡德尼标志新教徒

---

① 荷兰人指新教徒，来自荷兰的奥兰治的威廉三世及其追随者。

② 谢默斯（Seamus）是爱尔兰常见名字，相当于拉丁语 Jacob（雅各）、英语 James（詹姆斯），诗中可能同时指爱尔兰传统、希尼本人、《旧约》先祖、《新约》使徒、被“光荣革命”罢黜的天主教英王詹姆斯二世以及其后多次叛乱的詹姆斯党追随者（Jacobite）。

③ 北爱尔兰 6 郡被戏称“小六”。

④ 古代烽火、当代硝烟没有声息，但与电报或广播不相上下。

而谢默斯（请叫我肖恩）铁定教皇党。
哦，口令、手柄、打眼色和点头的土地，
开放的思维就如同开敞的陷阱，

在这里舌头扭结，如火苗下的灯芯，
在这里我们有一半人藏身于木马，
严阵以待，如狡猾的希腊人，
在包围中被包围，嗫嚅着电码。

三

今天早晨在潮湿的高速公路
我看到一座刚建成的拘留所：
炸弹在道旁留下一坑
新翻的泥土，树林深处

机枪哨位界定了真实的栅栏。
当你在浓雾中匍匐前进
一切似曾相识，仿佛某部电影中的
十七战俘营，一场无声的噩梦。[①]

---

① 美国影片《十七战俘营》（*Stalag 17*，1953），讲述德国集中营中的美军战俘、二流子塞夫顿反对越狱和抵抗，还与看守做交易，所以被同伴们怀疑是内奸，但他最终揪出了真凶，该片获得当年奥斯卡最佳男主角奖及最佳导演提名。

是临死前的生活吗？粉笔写在
在巴里墨菲。强忍着伤痛，[①]
黏连的苦难，一口一口咽下，
我们重新拥抱我们的小小宿命。

① 1971年8月，英军在贝尔法斯特的巴里墨菲（Ballymurphy）街区搜捕抗议者，枪杀11人。

歌唱学校（节选）①

温暖的播种季节诞下我的灵魂，而我的成长
既有赖于美也有赖于恐惧的培养；
在出生地我备受了恩宠，同样
在那迷人的山谷也是如此，不久，
我就被移植到那里……

——威廉·华兹华斯，《序曲》②

他［马夫］有一本奥兰治韵诗集③，我们一起窝在干草仓读书的那些日子第一次给我带来了押韵的快乐。我还记得后来有人告诉我，谣传芬尼党要暴动了，步枪都要上交给奥兰治派；于是，当我开始梦想我未来的人生，我觉得我宁愿与芬尼党死战。④

——W. B. 叶芝，《自传》

---

① 标题取自叶芝诗《驶向拜占庭》，原作大意：俗世音乐中没有不老的智慧，也没有教授灵魂之歌的歌唱学校，只能通过研究古迹遗存来了解灵魂本身的辉煌，试图沟通过去、现在和未来。

② 《序曲》（*Prelude*）是华兹华斯的自传性长诗。

③ “Orange”在英语中几乎没有与之完全押韵的词，只有押半韵的词。

④ 叶芝家原是新教徒富农，祖上曾在奥兰治的威廉三世军中供职。

一、恐惧部[①]

致谢默斯·迪恩[②]

如卡文纳所言，我们生活在[③]
举足轻重的地点。圣高隆中学[④]
我寄宿了六年，那孤单的
峭壁可俯瞰你们博赛区。[⑤]
我端详着新的世界：布兰迪威尔[⑥]
火辣辣的喉咙，泛光灯下的赛狗道，
兔子的咽喉。第一个礼拜
我想家想得甚至吃不下
一块哄我开心去流放的饼干。

---

① 诗题出自英国天主教作家格雷厄姆·格林同名惊悚小说（*The Ministry of Fear*，1943），原指纳粹间谍网络，以及杀人犯内心的负罪感，他们都小心翼翼，害怕被人发现真相，像处在某种邪教统治中。

② 谢默斯·迪恩（Seamus Deane，1940—），北爱尔兰作家、诗人，希尼的德里市圣高隆中学、贝尔法斯特女王大学校友。

③ 卡文纳（Patrick Kavanagh，1904—1967），爱尔兰著名作家、诗人，对希尼影响甚大。卡文纳诗中有：我已生活在举足轻重的地点时间，伟大的事件注定发生（Epic，1938）。

④ 希尼 12 岁以优异成绩考入离家很远的德里市圣高隆中学，一所有名的天主教男子寄宿学校，离家 60 多公里。

⑤ 博赛（Bogside），德里市天主教徒社区，意即“沼地边缘”，因位于旧城墙外的洼地而得名。1969—1972 年博赛宣布“自治”，是英爱冲突的热点之一。从圣高隆中学到博赛约 4 公里，由于地势较高可以看到。

⑥ 布兰迪威尔（Brandywell）体育场是德里足球队主场，位于博赛区南部，1970 年代因频发骚乱被长期停用，德里队坚持回归主场但不获足联批准，最终退出足联，布兰迪威尔体育场变成赛狗场。英文名意为：烧酒井、火泉等，盖尔语名意为：真水泉。

在一九五一年九月的一个夜晚
我把它们扔出了围墙，
当时莱基路上的人家[①]
在雾气中灯光昏黄。一次
秘密行动。[②]
　　　　然后贝尔法斯特，然后伯克利。
我们二人已老于世故，[③]
游戏诗文，直到它们变成了
生涯：从大包大包的信封
在假期送达，到薄薄的书册
快件寄出"敬请方家指正"。
那些手抄的诗稿，从你的练习册
线圈上撕出的散页，让我不知所措——
元音和意象自由地上下翻飞
如我们的枫树吹落的翼果。
我也努力写出枫树
并开创一种南德里诗律，
肃静安宁与死劲拗拧合辙押韵。
那穿钉靴的乡巴佬一路跋山涉水

---

① 莱基路（Lecky Road）是博赛区的大路，南接布兰迪威尔体育场，"自治"时期在北街口的一面山墙上绘有著名标语：你现在进入自由德里。

② 引自华兹华斯《序曲》，原文大意：童年的夏夜我偷偷解船出航，一次秘密行动、烦恼的喜悦，初尝了冒险。

③ 引自莎剧《李尔王》，原文大意：你赤裸疯癫又如何，我们三人已面目全非，而你还保持着人本身。该场后文有：呸呸呸，我嗅到了英国佬的臭味。

扑通扑通地踩上了，天呀，
雄辩术的精美的草坪。
　　　　　　　　　我们的乡音
已经变了？“天主教徒一般都不比
新教学校出来的学生能说会道。”
记得那种材料吗？自卑
情结，正是我们造梦的材料。[①]
“你叫什么名字，希尼？”
　　　　　　　　　“希尼，神甫。”
　　　　　　　　　　　　　　“棒
极了。”
　　上学第一天，皮条带
在大堂抽得我死去活来，
它的回声波荡在我们恭顺的头顶，
但我还是写信回家说住校生活
还不坏，总是那么胆怯。

直到长假，我才复活过来，
山墙下的一辆奥斯丁 16
引擎还在突突，接吻专座上
我的手指像青藤缠在她的肩头，

---

① 引自莎剧《暴风雨》，原文大意：一切美好皆虚幻，终将消散，塑造我们的材料就是造梦的材料，我们短暂一生的前前后后都是沉眠，我头脑昏昏，请原谅我不能控制我的弱点。

但厨房里有一盏灯亮着等她。
然后一路回家，那盛夏的
自由一夜一夜地凋残，空气中
充满月光和秣草的气味，警察们
晃着手里的红灯，簇拥在
小车周围像漆黑的牛群，东嗅西探的
冲锋枪的口鼻对着我的眼睛：
“你叫什么名字，司机？”
　　　　　　　　“谢默斯……”
　　　　　　　　　　　“谢默斯？”

有一次他们在路卡念我的书信，
电筒照亮了你的象形文字，
华丽的手笔下“纤秀的措辞”。

阿尔斯特属于大不列颠，但无权分享
英语诗歌：我们周遭的一切，虽然
我们未曾为之命名，尽归恐惧部。

二、警察临检

他的自行车停在窗台下，
橡胶的防溅轮罩
围着前挡泥板，
粗壮的黑色把手

在烈日里发烫，电动马达的
“豆儿柄”亮闪闪地按下扳机，
脚踏板松松垮垮，解脱了
法制的皮靴。

他的帽子底儿朝天
撂在地板上，挨着座椅。
帽檐挤过的一圈横沟像犁痕
印在他微微汗湿的头发。

他已解开
厚重的账册，我父亲
在上报农地收益，
每亩、每分、每码。

算术和恐惧。
我坐在那里盯着油亮的枪套：

皮盖子紧扣，穗带子
缠在左轮的枪柄。

“还有别的作物吗？
甜菜头？牛甘蓝？这类的？”
“没了。”但不是还有一畦
芜菁种在已经刨过的

马铃薯地里吗？我假设自己
犯了罪过然后禁不住想象
军营里小黑屋的情形。
他站起身，把警棍套子

挪到皮带后头，
合上那本审判书，①
然后用双手戴好帽子，
一边打量我一边告辞了。

一道影子在窗玻璃上起伏。
那是他拉开后座上的弹簧夹
啪地压紧账册。他踢一脚皮靴，
自行车嘀嗒、嘀嗒、嘀嗒。

---

① 审判书（the domesday book）原指中世纪时英国的土地普查记录。威廉一世征服英格兰后，大规模清查土地、人口、资产，以便征税，项目于1086年完成，因其严厉故被后世称为大审判。

四、一九六九年夏

当军警火力压制暴徒
在福斯路开枪，我所忍受的[①]
只是马德里的蛮横烈日。
每天下午，在焖锅一般酷热的
公寓，我汗流浃背地苦读
乔伊斯传，鱼类市场的腥味儿
恍如沤麻池的恶臭传来。
夜里我走到阳台，殷红如酒，
有一种小孩子躲在阴森角落里的感觉，
敞开的窗户蒙着黑头巾的老妇，
流淌着西班牙语的山谷。
我们沿着星光平原一边聊一边往家走，
一路可见国民警卫队的漆皮靴[②]
闪闪发亮，像被沤麻池水毒翻的鱼肚皮。

“回国吧，”有人说，“要努力影响人民。”

---

① 贝尔法斯特市福斯路（the Falls）一带主要是爱尔兰裔天主教徒、共和派、工党支持者的社区。1969 年 8 月中旬贝尔法斯特爆发大规模宗派骚乱，对立群众互相械斗、打砸、纵火，军警偏帮新教徒一方攻破天主教徒街垒，造成大量房屋被焚，并出动装甲巡逻车队，用重机枪扫射共和军民兵据点。

② 国民警卫队（Guardia Civil），原文为西班牙语，略相当于武警。

另一个人则向深山召唤洛尔卡。[①]
但我们却每日坐看电视上的
死亡人数和斗牛比赛，各界名流
从仍有真事发生的地方陆续抵达。

我遁入普拉多博物馆的荫庇。[②]
戈雅的《五月三日的枪杀》[③]
占据了一面墙——那位反抗者
扬起双臂发出痉挛，戴头盔
背背包的军人，有效的
排枪齐射。在另一个展厅，
他的梦魇被嫁接于宫墙——[④]
黑暗的龙卷风，集结，分崩；萨坦
以他的亲生儿女的鲜血为珠玉，[⑤]
《巨人之乱》将他那粗野的屁股[⑥]
转向人间。还有决斗，[⑦]

---

① 西班牙诗人加西亚·洛尔卡在 1936 年 7 月内战爆发前返回动荡中的家乡，8 月被右翼民兵秘密杀害于山中，遗体一直未被发现。

② 普拉多博物馆是西班牙最著名的美术馆，藏有戈雅大多数作品。

③ 戈雅这幅作品描绘 1808 年拿破仑入侵西班牙时枪毙反抗者的情景。

④ 戈雅晚年在乡村居所的墙壁上创作了一批“黑暗绘画”，后人重新装衬为油画，现藏于普拉多博物馆。

⑤ 戈雅黑暗作品《吞食亲生子的萨坦》描绘了巨神食子的恐怖景象。

⑥ 戈雅作品《巨人》描绘了一个顶天立地的裸体巨人背影把地上小小凡人的车马队惊扰的情景。诗中指那个巨人为萨坦，因为原画巨人嘴边有莫名的东西。

⑦ 决斗（holmgang），语出北欧传说，原意：小岛行走、在划定的狭小区域内进行决斗。诗中暗指爱尔兰岛。

只见两位狂战士拼着命互相棍殴，[①]

义无反顾的样子，深陷泥潭，直至溺亡。[②]

他以拳头和肘节作画，挥舞着

心脏里染色的斗篷，应历史之命。

---

① 狂战士（berserk），语出北欧传说，原意：熊皮甲士。据说他们有如战神附体而无畏攻击，直至虚脱倒地。

② 戈雅黑暗作品《棍殴决斗》描绘了两个男子在沼泽地里搏斗的情景。

五、培　养

致迈克尔·麦拉弗蒂[①]

“描写即揭示！”皇家[②]
大道，贝尔法斯特，一九六二年，
一个周末的下午，很高兴认识
我，文学上的毛头小子，他攥住
我的手肘。“听着。走你自己的路。
做好你自己的事。记住
凯瑟琳·曼斯菲尔德——‘我要讲述[③]
洗衣篮会怎样尖叫’……还有流放地笔记。”
但也说得太过头了：
“不要让血管挤爆你的圆珠笔。”
然后，“可怜的霍普金斯！”我有本《日记》[④]
是他给的，多处写划，他那弯曲的自我
服从着字里行间的痛苦。他善察

---

① 迈克尔·麦拉弗蒂（Michael McLaverty，1904—1992），北爱尔兰小说家、中学校长，青年希尼曾在他手下任教，并在文学上得到帮助。

② 参见华莱士·史蒂文斯诗《地点不详的描写》（Description Without Place，1945）第6章：描写即揭示，它不是被描写之物，也不是虚假的摹本，它是存在着的人造物，有它自己的样貌，清晰可见，但不太接近我们生活的翻版，要比任何现实生活更为强烈。

③ 凯瑟琳·曼斯菲尔德（Katherine Mansfield，1888—1923），新西兰小说家，她很推崇契诃夫，故下行提及《在流放地》。

④ 霍普金斯（Gerard Manley Hopkins，1844—1889），英国诗人，在日记中记录了诗歌和天主教信仰之间的冲突。

耐心人所具有的种种特征，

培养了我又送我出发，并用赠言

压在我的舌上，像几枚冥币。①

① 冥币（obols），特指古希腊的一种小银币，常放在死者的口中，以支付冥河摆渡人的船钱。又音近 obelus（存疑符），表示此处可能有谬误。

六、暴　露

在十二月的威克洛：[①]
桤树林滴水，桦树林[②]
承继着最后的阳光，
那棵梣树一看就发冷。[③]

一枚彗星的逝去
应在日落时显而易见，
铺天盖地的光明
恍如山楂和刺玫果一闪，

有时我也看到流星。
但求我乘陨石而来啊！
而我只能踩着潮湿的落叶，
果壳，秋的残余之幸，

想象有一位英雄

---

① 威克洛（Wicklow），位于爱尔兰中东部沿海，在都柏林南边。希尼1972年离开北爱尔兰迁居于此。

② 桤树耐湿，常见于河湖边和沼地，在爱尔兰传说中，桤树林为逃亡者、绿林好汉提供保护，用它的汁液染过的衣服可以躲过侦查。桦树生命力顽强，不惧山火，象征着长生、新生、重生、涤污驱邪，古爱尔兰欧甘文的第一个字母 Beith 意即桦树，凯尔特历的一月即桦月。

③ 古挪斯神话中的世界树一般被描述为巨大的梣树，诸神还用梣木和榆木分别创造了人类祖先阿斯克和艾姆芭拉，意即梣之子和榆之女。

在某个泥泞的兵营，
他才华横溢，如飞石
呼旋着砸向绝望。[①]

我怎么成了这副样子？
每当我静下来衡量又衡量
我的负责任的“幽愤”，[②]
便经常想到朋友们

棱镜般五光十色的奉劝
和那些憎恨我的人的铁砧脑袋。
为了什么呢？为耳朵？人民？
为背后的风言风语？

雨水从桤树的枝桠间落下，
它那低沉的宜人的声响
嘟囔着泄气和腐坏，
然而每一滴都在回想

那钻石般的绝对。
我不是囚徒也不是奸细；

---

① 参见《旧约》中少年大卫甩飞石击杀敌将的故事。

② 幽愤（tristia），原文为拉丁文，典出古罗马诗人奥维德晚年流放时期的自传性诗集《幽愤》，其中也感叹他交往过的真朋假友。

一个内心的流亡者，头发长，
心思重；一个林地战士，

逃过了屠杀，
身披树干和树皮的
保护色，感触着
四面吹来的每一缕风；

风吹燃这些火花
以求微渺的暖，却已错过
一生一次的异兆，
彗星那搏动的玫瑰。

牡　蛎

我们的牡蛎壳在餐碟上咔嗒响。
我的舌是一个满当当的海口，
我的上颚挂满璀璨星光：
当我品味那咸腥的七仙女
奥利安还在水里泡脚。

活生生被人亵渎，
她们躺在冰的床上：
双壳类：对剖的洋葱
和海洋那撩拨的喘息。
千百万个她们被劈裂剥离和抛散。

行经丛花与石岩，
我们曾驱车去往那海滨
在那里，我们为友谊干杯，
并留下美好的记忆
在阴凉的草屋和粗陶盘里。

翻越阿尔卑斯，紧裹干草和雪块，
古罗马人将牡蛎南运罗马城：①

① 意大利沿海也出产牡蛎，而且古罗马人早在公元前1世纪就建立了发达的牡蛎养殖场，诗中不远万里运往罗马城的冰镇“牡蛎”可能是北欧珍奇品种，或无谓的奢侈，或比喻帝国战利品。

我眼见潮湿的驮篮里涌出
蕨叶唇边、卤汁辛辣的
特权者的饕餮，

我愤怒了，我的信赖无法再寄托
于明媚的日光，像诗歌或自由
从海中倾泻。我要吃下这一天，
细嚼慢咽，让它的浓香
激发我成为动词，纯动词。

三联诗

一　杀戮之后

他们犹在，仿佛我们记忆的孵育，
仿佛不安宁的先辈又重新起身：
在山坡上持枪待命的两个青年
既蹩脚又兴奋，一如手中的器械。

谁会惋惜我们的乱局？
谁曾设想过我们竟和自己人居住
在雨水洗亮的阳光和被风吹干的礁石当中？
玄武岩、血、水、墓碑、蚂蟥。

在中性的原始孤寂中
从布兰登到敦赛维里 ①
我想象那些小眼睛的幸存之花，
人所渴慕的无忧无扰的兰花。②

---

① 布兰登（Brandon）位于爱尔兰岛西南角，敦赛维里（Dunseverick）位于爱尔兰岛东北角，都是著名的历史文化胜迹。

② 兰花（orchid）的希腊文原意“睾丸”，亦即非“中性”之物。

我看到栈桥旁的一座石屋。

斗室逼仄。明窗敞亮。

心儿扑通狂跳。你走了二十码

走向船边去买鲭鱼。

今天有个女孩走进家里给我们

送来满满一大篓新鲜的土豆，

三颗包得紧紧的绿甘蓝，还有

带着缨子和泥味儿的胡萝卜。

二 灵 氛

动弹舌头，一条松松摇摇的铰链。

我问她："我们会变成什么？"

像深井里被人遗忘的水

在清晨的一次爆炸中震荡

或一道贯穿山墙的裂纹，

她开口说话。

"我认为我们的形象注定要改变。

如野狗陷入重围。蜥蜴返祖。蝼蚁。

除非宽恕的心寻得勇气和嗓门，

除非那戴头盔、流鲜血的树

能重绿，并绽开芽苞如婴儿拳头，
还有那污秽的岩浆能孵育

亮丽的水仙子……但我的人民心思金钱
口谈天气。采油塔将他们的未来哄睡
在单一的贪婪钻杆。沉寂
已壅塞在拖网渔船的声呐中。

我们曾贴耳长久倾听的土地
如今已剥落或板结，它的脏器
被一种不敬的占卜搭棚遮盖。
我们的小岛充满无人慰藉的喧闹。”

三　在水之滨

在德文尼什岛，我听见鹬鸟 ①
和管理者在高塔下吟咏
挽歌。修道院的雕花墙头
像水中的面包一样崩碎。

在伯阿岛，神秘大眼和性感大嘴的石像 ②

---

① 德文尼什（Devenish），北爱尔兰西南部厄恩湖中的一个岛，盖尔语名原意“牛岛”，有始建于6世纪的修道院遗址和爱尔兰式圆塔。

② 伯阿（Boa），厄恩湖中的另一个岛，盖尔语名原意“鸦岛”，有古城寨遗址和两座神秘的石刻双面神偶像。

竖在墓冢之间，双面，开颅，
以沉默回应着我的沉默。
一只盛雨水的圣杯。绝罚者。

在霍斯岛一块冰冷的炉石[①]
我眺望敞开式烟囱外的天空，
听见阵阵沉闷的呼旋声，
一架军用直升机巡逻而过。

一把铁锤和一口破壶在窗台上
结满蛛网。我身上的一切
都要为之俯首，要献上，
要赤着脚，像胎儿和苦行者，

在这水边虔诚祈祷。
学步之前我们只会爬行！我记得
直升机的阴影在纽里遮暗我们的队伍，[②]
那惊惶的、一去不返的步伐。

---

① 霍斯岛（Horse Island）也是厄恩湖小岛之一。

② 纽里（Newry），北爱尔兰东南部重要城市，靠近边界，有重兵驻扎。

图姆路上[①]

有一天清晨我碰见装甲车队
在巡逻，强大的轮胎一路鸣啭，
车身都伪装了折断的桤树枝，
炮塔上站着戴耳机的士兵。
他们什么时候逼近了我的道路，
似乎已将它占据？整个原野都在沉睡。
我有行道权，有我看管的田地，牲畜，
敞棚子里套上了耙草器的拖拉机，
青贮塔，冰冷的大门，潮湿的岩瓦，绿的红的
仓房屋顶。我应该跑去告诉谁呢？
那些人家都只是虚掩了后门，
但报告坏消息的人，深更半夜的访客，
尽管在意料之中，他是不是应该保持距离？
播种者们，筑墓者们……
哦，骑士们，在你们酣眠的枪口，
它寂静地竖立，震颤着竖立在你们的道旁，
这不可见的、颠扑不破的枢纽。

---

① 图姆（Toome），北爱尔兰中部内伊湖北岸的一个小镇，距希尼家乡不远；该镇位于贝尔法斯特至德里的公路中间，有重要军事价值。

一杯水[①]

每天早晨她都要来打水[②]
像一只老蝙蝠跌跌撞撞：
泵井的百日咳，提桶咣当
和盛满时缓缓渐弱的音符
都在为她宣报。我回想
她的灰围裙，满当当的提桶
斑驳的白搪瓷，她那利嗓
像压水手柄吱嘎作响。
每夜，当满月升过山墙
便从窗棂钻进来，落进
她摆在桌面上的水杯。
我又回到那里埋头畅饮，
并感念她杯上铭刻的训诫，
“饮水思源”，没入唇间。

① 诺贝尔文学奖颁奖词引用了这首诗前5行，作为希尼的题材和风格的例证。
② 诗中女子是希尼故乡一个离群独居的老妇，村里的小孩觉得她像巫婆。

在贝格湖滩[①]

悼念哥伦·麦卡特尼[②]

在这座小岛的四周，岸边
最低洼处，碎浪拍击的地方，
高高的灯芯草从泥滩里生长。

——但丁，《炼狱》，I.100—103

驶出了加油站的白炽光
和田野里几盏孤零零的路灯，
你一路翻过群山穿过菲尔森林[③]
驶向汉密尔顿新镇，在星光下前行——[④]
沿着那条路，那高远、荒凉的朝圣之途[⑤]
斯威尼也曾逃避那些血淋淋的头颅，[⑥]

---

① 贝格湖（Lough Beg），盖尔语原意“小湖”（Beag），位于北爱尔兰中部，图姆镇北边，距希尼家乡不远。贝格湖很浅，枯水期大部分可涉水而过，湖滨森林和湖滩湿地保持着自然风貌，湖中的“教堂岛”上有一座古老的修道院。

② 麦卡特尼（Colum McCartney）是希尼的表弟，1975 年 8 月 24 日星期天晚上，麦卡特尼和朋友看完球赛后开车回家，在汉密尔顿新镇附近一个假冒的英军路卡被新教徒民兵掳走然后枪杀，年仅 22 岁。另见组诗《苦路岛》第 8 章。

③ 菲尔森林（the Fews Forest），盖尔语原意“山林”，北爱尔兰东南部阿玛郡南部的一片山区，自古就是绿林好汉出没的地方。

④ 汉密尔顿新镇（Newtownhamilton），盖尔语名“新镇”，位于北爱尔兰东南部菲尔山区，靠近边界。

⑤ 阿玛郡曾是爱尔兰的天主教中心，圣帕特里克在这里建立了主座堂。

⑥ 斯威尼（Sweeney）是爱尔兰传说中的英雄，详见后文《斯威尼之迷途》。

山羊胡子和凶犬眼睛的一群恶魔
从地底下窜出来，撕咬、嘶吼。
是什么窜出在你的面前？一个冒牌的路卡？
还是红灯摇动，紧急刹车然后熄掉
发动机，说话声，蒙面的人和冷鼻尖的枪口？
也许在你的后视镜里，后车的前灯
突然超了上来把你截停
在一个你从不知晓而且远离你所知的地点：
那低地的土壤和贝格湖滨的水，
教堂岛的尖塔，柔和的紫杉林际线。

在那里你也曾听见屋后有枪声响起
在远未天亮之前，那时打野鸭的猎人
已在金盏花和蒲草丛中出没，
但当你在穿过湖滩去领回牛群的路上
发现几枚用过的弹壳仍惊恐不已，
刺鼻的，铜黄的，像阳具，射掉了。
因为你和你的家人、你和我的家人羞于启齿，
去说起一种古老的阴谋家们的语言
而且不懂得怎样挥打响鞭或怎样把握今日：
大嗓门的杂佣，牧人，围着干草垛
和后腿肉的内行家，牛圈里的话匣子，
墓园上慢吞吞的仲裁者们。

你家湖滩对面牛群进食
在晨雾中齐肚深的草丛中，
此刻他们把不慌不忙的注视
转向我们辛苦跋涉的轧轧的莎草
淹没在露水中。像一把钝刀
磨亮了锋刃，贝格湖微明于雾霭中。
我转身，因为你脚步的摆动声
已在我身后停下，我看到你双膝跪地，
头发和眼睛上沾满血污和路边的垃圾，
于是我跪在你面前，在盈盈的草丛
掬起一捧一捧冰凉的露水
给你清洗，表弟。我用苔藓把你擦干净，
像低云飘落的小雨一样精细。
我用双臂将你横抱，让你躺平。
当灯芯草又冒出绿梢，我要编成
绿色的肩披[①]盖在你的裹尸布上。

---

① 肩披（scapulars）是天主教信众的常用随身法具之一，多为饰带两端系上圣相刺绣，象征神职人员的肩披法衣。

伤亡者[①]

一

他喜欢一个人喝酒，[②]
会顶起久经考验的拇指
点点高层货架，
再来一杯朗姆酒
兑黑加仑汁，根本
不用扯大嗓门，
若是扬扬眉毛
然后做一个开瓶盖儿的
含蓄手势
就是来一瓶烈性黑啤；

① 1972 年 1 月 30 日，北爱尔兰德里市博赛区的一场示威演变为骚乱，防守路障的英军伞兵团 1 营向示威者实弹射击，当场造成 13 人死亡，另有多人被实弹或橡皮子弹击伤，史称“流血星期日”（Bloody Sunday），是当代英爱矛盾走向暴力冲突的转折点。2 月 2 日星期三，爱尔兰族裔和共和派为死难者举行了盛大葬礼，并倡议举国哀悼，发动联合总罢工，同时极端分子策划了一系列报复性恐怖袭击。

② 诗中所指确有其人。路易斯·奥尼尔（Louis O’Neill）原是他岳父家酒馆的常客，从前还经常带希尼出去打鱼。国丧期间，因德里市附近的酒馆均停止营业，他去到相距甚远的另一个郡境内饮酒，不幸遭遇炸弹袭击身亡，享年 49 岁。作者和大多数人当时都相信，该酒馆系因藐视居丧宵禁令而遭到共和军袭击，但后来的调查则认为是亲英的保皇派安置了炸弹。

到了打烊的时候
他会穿起水靴戴上大檐帽
走进多雨的深夜——
这位吃救济的养家人啊
却是干活的行家。
我爱他的全套把式：
他那稳健但不失精明的脚步，
死板又狡黠的妙手，
渔夫的利眼
和机警的后脑勺。

但他难以理解
我的另一种生活。
有时，他会坐在高凳上，
忙着用刀子
切碎一块嚼烟，
瞧也不瞧我，
直到闷完了一大口之后
他才提到诗歌。
我们都会各持己见，
而且，总要得体，
不该显出屈尊俯就的样子，
于是我会使出些伎俩
把话题转向鳗鱼

或驭马牵车的窍门
或者临时派。

但我的试探性技巧
他那机警的后脑勺同样看得穿：
他被炸成碎片，
是在出去喝酒的时候，
在别人都遵守的宵禁之夜，
在德里市被他们枪杀十三人之后的
第三个晚上。
记分牌已写明：伞兵队十三分，
博赛队零分。礼拜三那天
人人都屏住了
呼吸，并且颤抖。

二

那是寒冷的一日，
死寂阴森，大风掀动着
白法衣和黑长袍：
雨水泼打、鲜花覆盖的
一口口棺材
就像湖面上的落瓣
从拥挤的大教堂

门口缓缓漂出。
一场公共的葬礼
展开它的襁褓，
卷起，裹紧，
直到我们被捆绑固定
如同抱成一团的兄弟。①

但他却不肯老老实实
被他自己的兄弟留在家里，
不论电话通知有怎样的危险，
不论是怎样的黑旗在挥舞。②
我看见他转身走进
那个被爆炸的违规地点，
懊悔熔合着恐惧
留在他仍可辨认的脸上，
他那睥睨于绝境中的瞪眼
已懵然在闪光灯里。

他已走了好几英里
因为他每夜的酒瘾
就像一条鱼，自然地

---

① 共和军常以“奥尼尔”为化名发布公告，与诗中的死者同姓。

② 黑旗在政治上一般表示无政府主义运动；临时派共和军曾宣布否认英国、北爱尔兰、爱尔兰等政权的合法性。

游向那些诱饵：
在群居生活的烟雾中
温暖明亮的场所，
朦胧的丝网和杯盏间
浮动的低语。
他究竟有何过错，
当他在昨夜打破了
我们部族的共谋？[①]
“现在，你被看成
一个有文化的人，”
我听见他说。“难倒我了，
要给这问题一个正确答案。”[②]

三

我错过了他的葬礼，
那些默不作声的行人
和侧身说话的空谈者
像鱼群涌出他家弄堂
走向那可敬的
灵车的突突声响……
他们以相同的步调移动，

---

① 奥尼尔部在历史上曾是北爱尔兰的王族之一。
② 死者请作者解释这一切的是非，但作者无法回答。

随着一台怠惰的引擎
那习以为常的
姗姗来迟的慰藉，
拉起缆索，两手飞快
交替，冰凉的阳光
映着水面，陆地
在雾霭里倾斜：那个清晨
我被捎上了他的船，
螺旋桨转动，把慵懒的
深海打成飞白，
我跟他一起尝到了自由。
早早出航，稳稳
下网，深拖海底，
得失随意，总保持微笑
因为你找到了一种节奏，
一程一程，它缓缓推动着你
进入你那专属的老巢，
在某处，远远的，遥遥的……

细嗅黎明的归魂啊，
踉跄在午夜的雨地里，
请再来盘问我一次。

獾

当那只獾一闪而过
躲进别家花园，
你愣着，半带酒意，
意识到你妨碍了
某种温柔的回归。

像被谋杀的死者，
你想到。
但难道不可以是
某个肝肠寸断的男孩吗，
他觉察有什么东西
在摇篮和炸弹之间放错，
傍晚时窗户大开，
肥堆在后院浓烟滚滚？

探访都被当作符号。①
在第二场我要听
桂冠下的闷捶，
却只闻一些暗示

① 探访（visitations）在诗中可能指吊唁。另，天主教《玫瑰经》奥迹十五端之二，感念圣母马利亚往见圣妇以利沙伯的故事（Visitation），其中要念到“爱你的邻居”或“爱人如己”。

窸窣着暧昧的荣耀。

甚至要从尸体上读懂
那些已经归来的獾。
有一个臭名昭著
倒在路旁无人触碰。
昨晚有一个让我刹车
但更多是恐惧而非荣誉。

洞穴中的清凉
和他在夜里奔跑的气味，
蕨原的幽灵
对我揭露
他的真身：
猪科，
跟图画中完全不一样。

要冒多大的危险，若我们选择
不爱那种展览过的生活？
他那强壮肮脏的身体
和四脚趴叉的跪伏。
他骨髓中的智力。
那无可挑剔的男仆的双肩
也许就属于我本人。

歌手的家[①]

当人们说“弗格斯礁”我会听到[②]
盐工们的铁镐上挂满白霜的回响。
我想象它鳞次栉比、闪烁晶莹，
一座明光筑造的城区。

我们还要再多说什么
才能召唤我们地上的盐？
潮来潮往的世事
会结成晶体存留下来，

友善的气候
培育了万物的脾性，
它们当季的和贮藏的美味，
就是我们要打点的全部行囊。

---

① 这首诗可能写给希尼的一个老友，北爱尔兰音乐人、电台主持人、制片人哈蒙德（David Hammond，1929—2008）。

② 弗格斯礁（Carrickfergus），位于爱尔兰岛东北角，贝尔法斯特海湾入口处的海滨古镇，诺曼人、英国人、新教徒进入爱尔兰的根据地，有一座始建于 12 世纪的著名要塞，至今保存完好。在同名爱尔兰民歌中，一个在南方流浪的男子思念远在北方家乡的爱人，但海途遥远、无船可渡，只能借酒浇愁、孤老等死。

于是我对自己说“圭贝尔”，[①]
它的乐音叩响这处所
如浪花拍打花岗岩。
我看到熠熠闪动的海湾

框在你的窗里，
油布上摆设的刀叉，
海豹们的脑袋猛地冒出来，
扫视着周围的一切。

从前，这里的人相信
溺死之人的灵魂会附上海豹。
每逢大潮他们就会变身。
他们爱音乐，会游到歌手的身边

而歌手可能就站在夏季尽头
那刷白的草皮窝棚的门口，
他的肩膀靠着门柱，他的歌声
像傍晚出海的一艘划艇。

我第一次来的时候你总唱个不停，

---

① 圭贝尔（Gweebarra），位于爱尔兰岛西北角的一个海湾，有始建于 6 世纪的古修道院遗址，是重要的朝圣地。

在你那震颤的攀升和冲击里

隐约有一把发力的铁镐。

扬起来呀，兄弟。听闻的事我们依旧相信。

喉音缪斯[①]

在夏末的午夜
我嗅到一日的炎热：
从俯瞰饭店停车场的窗户
我呼吸湖滨泥腥味的晚风，
望着一群年轻人从歌舞厅走出。

他们的声音沙哑又悦耳，
就像那天在黄昏的薄暮中吃食的丁鳜[②]
吐出的油亮水泡——滑溜的丁鳜
也叫做“医生鱼”因为据说它的黏液
只要与之摩擦就能治愈鱼类的病患。

一个穿白裙的姑娘
正在轿车之间被人追求：
当她的话音和笑声满溢成了一片
我觉得自己就像一条满身是伤的老狗鱼[③]
只想游过去触碰那柔唇软语的生命。

---

① 喉音（guttural）在诗中指盖尔语的发音特征，对英语来说显得有些古怪。
② 丁鳜（tench）多生长于湖泊泥底，细鳞隐于皮下，光滑如无鳞鱼。
③ 狗鱼（pike）是掠食性淡水鱼，可长至 1 米以上，远大于丁鳜。

格兰莫组诗[①]

致安妮·萨德勒梅耶，我们最衷心的友人[②]

一

元音犁进对方：翻开土地。[③]
二十年来最温柔的二月
是浓雾在垄沟上萦绕，深深寂寂，
难以抵挡远处那些咕噜咕噜的拖拉机。
我们的道路蒸汽腾腾，田亩起身呼吸。
在此刻，好生活可以是横跨原野
而艺术是大地的塑造刚刚从犁铧的
旋削中更新。我的草场在深耕。
老犁头饕餮着调动各种感官的底土
而我振奋于农地的芳馥

---

① 格兰莫（Glanmore），位于爱尔兰东部维克洛郡的一个小镇，1972 年希尼一家离开纷乱的北爱尔兰迁居于此，希尼开始职业作家生涯，他的妻子在当地小学教书，后来，希尼还买下曾住过的农舍作为度假别墅。这里也是爱尔兰著名戏剧家沁孤（John Millington Synge，1871—1909）的故乡。组诗 10 首原文均为十四行诗。

② 萨德勒梅耶（Ann Saddlemyer），爱尔兰现代文学史家，对叶芝、沁孤一代深有研究。

③ 翻开土地，参见《联合法案》一诗第 2 章结尾处。

如同一枝在幽暗中含苞的玫瑰。[①]
等待……直面浓雾，扎上播种者的围裙，
我的幽灵们正迈向他们的迎春苦路。
粒粒梦幻飞旋着，如奇异的复活节白雪。[②]

二

种种感知，从藏身地冒头探出，
词语几乎深入到触觉之中，
在它们的漆黑箱笼搜出自己——
“这些东西不是秘密而是神秘，”
几年前奥辛·凯利在贝尔法斯特[③]
告诉我，对石料的热望
要跟凿子串通好，就好比纹理
牢记着木槌一敲一击的知识。
后来我已落脚在格兰莫的篱笆学堂[④]

---

① 参见莎剧《理查三世》，大意：王后哀悼早夭的王子，如含苞的花朵、初绽的芬芳，孤魂飘摇在灵簿狱等待审判。诗中的幽灵在种子播撒中投生。

② 复活节白雪（Easter snows），出自爱尔兰民谣、传统风笛曲目“Diseart Nuadhain”（努阿隐修院，新的旷野），英语音译为“Easter Snow”（复活节白雪）、“Esther Snow”（雪白伊丝特）等，后来又被反过来译回爱尔兰语“Sneachta Cásca”（复活节白雪）。英语的复活节出自古日耳曼传说中的春光女神（Eostre），原是异教徒的春分节庆，诗中以此暗示循环交互的重生、更新（nuadh），参见本诗第 2 节结尾处。

③ 凯利（Oisin Kelly，1915—1981），爱尔兰雕塑家，以爱国英雄像著称。

④ 篱笆学堂（hedge-school），旧时爱尔兰乡村初级教育的一种形式，因 18 世纪天主教学校被英国统治者查禁，各地兴起民办教育，在乡村简陋学校为穷孩子授课。

并在那些沟渠的背后期待着拔高
嗓门去唤回大军的角号和徐缓的风笛，
让它们延续、坚守、驱散、抚慰：
元音犁进对方，翻开土地，
一个个诗节回转如犁铧转耕。

三

这傍晚的布谷鸟和秧鸡
（好多，太多）在夕光里唱和。
都是惯于黄昏活动和抑扬格的。
在田野里一只兔宝宝
打探方向，我还知道野鹿
（我曾在屋里透过窗户观看它们，
像鉴赏家，探究着空气）
小心翼翼地走过落叶松和五月杉的林下。
我先前已经说过："我不会再那样
给我们带来这种奇怪的孤独。
多乐茜和威廉——"她打断我：[①]
"你是不是要拿我们俩来做比较……？"
窗外的一阵微风窸窣掠过树梢，
轻轻柔柔地抚顺。抑扬顿挫。

---

① 英国大诗人威廉·华兹华斯的妹妹多乐茜（Dorothy Wordsworth，1771—1855）也很有文学天赋，他们生活在一起，共同经历过孤独、贫困。

四

从前我常把耳朵贴到铁轨上，
大人说，这样就可以听到前方
火车开来的声音，一首钢铁之歌，
由动轮和活塞在大地上定调，
但我从没听见。来来去去只有
连挂和转轨的哐当哐当远在两英里外
树林上空升腾。但是当赛马
在栅门后把脑袋绕圈甩动，一片灰白
肌腱和鬃毛的翻腾，我早已翘盼路堑
她很快会出现。
两片田后面，屋里，一阵小小涟漪
默默地震荡在我们的水杯里
（此刻正在我的心中震荡）
又消退在它似乎开始的地方。

五

乌莓子树松软皱褶的老皮，
嫩绿的幼芽，斑驳焊接的枝条：
它是我们童年时的安乐窝，长大以后，
一段青葱、滋润、鲜脆的回忆。

我已经学会将它称为接骨木。
我喜欢它花开满树像盛着佳肴的碟，
莓子像一粒粒黑黝黝的鱼子酱，
一汪汪蛙卵，一片捣成紫色的光。
接骨木果？它是天下梦想的美酒。
乌莓子树是窝妹子树，我在那里玩“碰舌头”
瞬间触到对方的纹理。
所以，研究词根和嫁接的语源学家，
我又回到了我的树屋，蹲伏在
幼芽静静萌发越发繁盛的地方。

六

他住在那一片不可言说的光里。
他在雨蒙蒙的正午看见吊钟海棠，
夕暮中有接骨木花如月儿初升，
绿油油的田野在迎风的高地变得灰白。
他说：“伴着完美的迷雾和怡然的空无
我的茫然所见，我要打破……”
突然又必然，一个人甘冒冰裂的危险
骑着单车闯过莫欧拉的河面。
一个我们从未见过的人。但在那个冬天，
一九四七年，大雪过后
原野变得像摄影棚一般明亮，

严寒中事物会结晶或坍塌
而他的故事激活我们，天黑了
一只野白鹅飞过落了积雪的屋顶。

七

道格滩、罗卡礁、马林角、爱尔兰海：[①]
碧绿、迅疾的涌浪，北大西洋暖流
在那强风警报的声声召唤中
塌进一片齿擦音的半影部，
午夜，播音结束。海妖们在冻原，
在鳗鱼路、海豹路、长舟路、巨鲸路，
扬起她们在厚毛毡底下复合了风声的号哭
并把拖网渔船驱往维克洛的避风塘。
明星号、海鸦号、美人海伦号[②]
呵护着它们璀璨的名字，在这个早晨
擂钵一般折磨的港湾。这是奇迹
亦是实际，我大喊一声“港湾”，
这个词深彻、清晰，就像别处的天空，
在明奇海峡、克罗马蒂湾、法罗群岛。[③]

---

① 英国电台播送海洋天气预报时经常提及的一些海区名，道格滩指不列颠岛中东部外海洋面，罗卡礁指爱尔兰岛西北外海洋面，马林角指爱尔兰岛北方洋面，爱尔兰海靠近诗人所在的格兰莫以东。

② 原文为法语，指法籍船只，出处不详。

③ 英国海洋天气预报的海区名，分别位于苏格兰西北近海、北方外海、东北近海。

八

雷闪于劈柴：雨珠
携着体温饱含着预兆
在斧铁溅开漆黑。
这个早晨，当跳顿的喜鹊
视察在林边熟睡的马匹，
我想到了盔甲和腐尸上的凝露。
我会遇到什么，一路上，血迹斑斑？[①]
蹲在木垛里的蛤蟆隐藏多深？
是什么翻腾在这片幽暗静寂的庄稼？
你是否记得在朗德省的客栈[②]
那位老太太抱着一个痴呆儿在膝上
摇啊，摇啊，摇啊，唱着小曲儿？
快到我这儿来，我正在楼上铺木瓦。[③]
哦，你看，桦木闪闪发光。[④]

九

厨房窗外有一只大黑鼠

---

① 血迹斑斑（blood-boltered）一词出自莎剧《麦克白》，凶手麦克白在雷鸣电闪中看到血迹斑斑的冤魂向他微笑。诗中其他一些地方也有《麦克白》神秘气氛的暗示。

② 朗德（Landes），法国西南部滨海省份。

③ 铺木瓦（shaking），常用义：摇动、颤抖。

④ 桦树在爱尔兰文化中象征重生、永生等。

在刺蓬上摇曳像颗烂果子：
“它看穿我，盯透我了，我可不是
胡思乱想。你快去赶掉它。”
我们来到荒野就为了这个？
我们在大门外种植了油亮的月桂，
古典，洋溢着隔壁农场
青贮饲料的臭味，像心灵的酸叶。
草叉上的血迹，糠皮和干秣上的血迹，
在脱粒机的水雾和尘埃里被刺破的老鼠——
我为诗歌的一辩在哪里？[①]
我来到屋外，只见空荡荡的刺蓬
瑟瑟作响，远处，屋里，你的脸庞
像一弯新月在菱花玻璃后面闪动。

十

我梦见我们在多尼戈尔的苔地
裹着毛毯睡在草坡上，我们的脸
整夜暴露在湿漉漉的细雨中，
像滴滴答答的桦树苗一样苍白。
大冷天里的洛伦佐和杰茜卡。[②]

---

① “诗辩”是西方文学史重要概念，源于柏拉图，在英国有锡德尼（1595）、雪莱（1821）等人名篇。

② 洛伦佐和杰茜卡（Lorenzo and Jessica）是莎剧《威尼斯商人》中的一对情侣，杰茜卡是犹太人、高利贷者夏洛克的女儿，因为爱上基督徒洛伦佐而改宗，后来他们获得了夏洛克的财产。

有待被发现的迪阿莫和格朗妮。①
黑暗中浴圣水沐熏香，我们被陈设
像高台上两个会呼吸的人偶。
在梦里我还梦见——你觉得这个怎样？——②
多年前我们在那家旅馆的第一夜，
你来时带着你深思熟虑的吻
要把我们提升到那些甜蜜又痛苦的③
肉体上的合约；我们的分离；④
我们水灵灵梦幽幽的脸上的休憩。

---

① 迪阿莫和格朗妮（Diarmuid and Grainne）是爱尔兰传说中一对私奔的情侣。

② 参见莎剧《哈姆雷特》，哈姆雷特将谋杀真相编成一台戏，演给母后和叔父看，然后问："母后，你觉得这出戏怎么样？"（Hml.III.2.239）也可理解为：这出戏真像你呀。

③ 参见歌德《浮士德》名句：永恒的女性引领我们上升。

④ 合约（covenants），拉丁词源有相会、交合的意思，另参见《旧约》中割礼是上帝与犹太人立约的证据：这样，我的约就立在你们肉体上，作永远的约。

其 后

她要把所有的诗人都扔进九层深底，[1]
惩罚他们，啃头骨，舔脑浆，永无赦免：
生前背后中伤，她把他们的地狱
编成一串极度自大狂的雏菊链。

奋勇，顽强，豪迈，刚毅，
牙关紧闭，身陷囹圄，似一只只獾被套牢
仍争抢地盘，犹作困兽之斗，[2]
如乌戈利诺之于鲁杰里大主教。[3]

在维吉尔妻子的教唆和协从下[4]
她要去冰窟周游，

---

① 在但丁《神曲》中，地狱共 9 层，最深的第 9 层囚禁背叛者；诗人学者如荷马、柏拉图、维吉尔等等，虽才华卓著但仍要居留地狱边缘，在第 1 层灵薄狱。

② 被困的獾非常凶猛；英国曾流行一种獾狗斗比赛，赌猎狗能否将獾从笼中拖出，结果经常两败俱伤。

③ 乌戈利诺（Ugolino）和鲁杰里（Roger，Ruggieri）都是 13 世纪比萨权贵，争权夺利，互相陷害，最终乌戈利诺失败，他和儿孙一起被关在高塔上饿死。在《神曲》中，两人都被打入第 9 层地狱关押叛国者的寒冰窟，乌戈利诺啃食鲁杰里的头颅，永世不休。希尼翻译了《神曲》这一段，作为《田间劳作》的最后一首诗。

④ 古罗马诗人维吉尔终身未婚；在《神曲》中是维吉尔本人带领但丁游历地狱、炼狱。

我要大喊："亲爱的，在我们上面的绿野[1]
是谁戴上了桂冠，是谁的一生

最全心奉献、最值得学习？"
她说："我已塞住了守活寡的耳朵，
不去听诗人和诗歌的该死消息。
为什么你不能让我们的生活

更放松一些，笑着走出书房
黄昏时跟我和孩子一起散步——
比如乌莓开花、秣草收割的某个晚上
在野蔷薇渐渐凋谢的时节？"

还说（像一位大师钩住我的脖子）[2]
"你还不算最糟的。你追求一种和睦，
不偏不倚，双方都有错的练达。
你先是抛下了我们，又抛下你那些书。"

---

① 假设诗人已死，身处《神曲》中的地狱，所以向游历至此的妻子打听绿地（外界）的动向。

② 钩住（gaffs），可指渔夫用手钩将捕获的大鱼提上来，或指斗鸡以距铁刺伤对方，参见后文《丰收结》第2段。

水　獭

那时你跃入水中，
托斯卡纳灯影波动[①]
从上到下
荡开了整个泳池。

我爱你的湿头发和矫健的自由泳，
弄潮儿的后背和肩膀
浮出又再浮出水面，
在这一年以及此后每一年。

我坐在晒热的石板上喉干舌燥。
而你离得我远远。
那变柔的清亮和葡萄紫的夜空
稀薄了，让人失落。

感谢上帝一切又渐渐装满，
此刻，当我把你拥抱
我们紧贴又深情，
如覆盖水面的气层。

---

① 托斯卡纳（Tuscany），即意大利中部佛罗伦萨、锡耶纳、比萨一带，曾是欧洲文艺复兴的重要发源地。

我的双手是管子里的水。
你是我触手可及的柔滑的
记忆里的水獭，
在那片刻的池中，

当你转身换成仰泳，
每一下大腿拍打，寂静的踢水
不断荡起灯光
给你的颈脖泼上清凉。

突然你从水中窜出来，
又再潜回，依旧那么专注，
浓密而欢快，你清新的毛皮
在石板留下印迹。

臭　鼬[1]

直立，漆黑，披着条纹和织锦，
像葬礼弥撒上的祭袍，臭鼬的大尾
标榜着臭鼬。一夜又一夜
我期待她像期待一个访客。

电冰箱的嘁嘤声渐止。
我的台灯在走廊之外渐渐柔和。
小小的橘子在橘子树上隐隐约约。
我开始紧张了如一个窥视狂。

十一年后，我又再次撰写
情书，凿开“妻子”一词
像陈年的酒桶，仿佛它纤巧的元音
已曲变为加利福尼亚夜色中的

泥土和气息。那美丽而无用的
桉树的辛辣味儿表明了你的缺席。
一大口醇酒的后劲就像

① 北美臭鼬是郊区住宅附近常见的小动物，裘毛以黑色为主，背上两侧有宽大的白色纵贯条纹，额间或胸前常有花斑。诗中此处戏拟了纹章学的描述，如：跃立黑狮于条纹花底。

从冰凉的枕头把你猛地呼吸。

而她就在那儿，热忱而迷人的、
日常的、神秘的臭鼬啊，
神话了的，又非神话了的，
嗅着我五英尺之外的纸箱。

昨晚，这一切又重回，像一车煤
你就寝前的动作顷刻把我掩埋，
你的头低低，尾翘翘，在底层抽屉
寻找那件黑色的低胸睡衣。

一个妒忌的梦

我和你还有另一位女士漫步
在葱茏的园林里，窸窣的草叶
用指尖掠过我们猜疑的沉默，
树木出人意料地敞开了
一块荫凉的空地让我们坐下。
我想是日光的率直叫我们气馁。
我们说到了欲望和妒忌心，
我们的谈话像一件宽松的单层长裙
或一张白色的野餐桌布
如同礼仪大全在郊野铺开。
“让我瞧瞧，”我对我们的同伴说，
“我最垂涎的那个，你胸脯上的紫星星。”
而她应允了。哦，爱人，不论这些诗文
还是我的审慎，都治不好你受伤的注视。

田间劳作（节选）

一

当沙柳在缕缕微风中发黄，
巢里的乌鸫睁开圆眼睛张望，
一棵蕨长成常绿的时节

我站在那儿看你[①]
轻轻走出道口的门房
探身收起晾在荆豆丛上的白床单。

我可以看到一块牛痘疤
结在你的上臂，闻到煤烟味儿
冒出你我之间吭哧的列车，慢货运，

一节节车皮载满大眼睛的牛只。

三

不是油泥，

---

① “你”可能指作者的妻子。

也不是乌草荡
在秋时落满桤树果子和麻麻点点的枯叶。

不是冬日的牛芹菜
还撑着老得挂白的手脚枝丫，
窸窣着，哆嗦着。

更不是夏季那辛辣的绿荫
围满了蝴蝶，
胖嘟嘟的蘑菇像皮马鞍。

都不对。那是角落里，
靠着卵石墙，
沉甸甸，垂向地面，目瞪口呆，

这株向日葵，褐色的梦。

四

猫尿味儿，
绽开粉红的花朵：
我把醋栗叶子
在你的手背
揉搓

让它的黏液
那紧实凝滞的溪流
注入你的肌肤，
而你的脉络来来回回
与叶脉交错。
我舔湿拇指
蘸上泥壤，
我以此膏涂成
叶形。泥土
在你的手背上
开花、着色，
像一块胎记——
我的褐人儿，
你染色了，染成
完美。

歌

花楸树像一个涂口红的姑娘。[①]
桤木在岔道和主干道之间
潮乎乎湿漉漉的远方[②]
矗立在灯芯草丛中。

那里有说方言的泥沼之花
和音调标准的千日红，[③]
在那美妙的瞬间，声声鸟鸣
应和着万籁合唱的音乐。

---

① 花楸树长于山地，结满大串红色的小酸果。

② 桤木根系发达，耐潮湿土壤，常种植于河边湿地。

③ 千日红（immortelles）泛指用于墓地的各种耐凋菊花、干花、花饰等；文学史上的千日红（amaranth），如弥尔顿《失乐园》称之为“生命之泉”的花朵，拜伦、济慈、柯勒律治等大诗人也有歌咏；又指“不朽者”（院士的雅称），他们音调标准。

丰收结[①]

在你编丰收结的时候
心里酝酿的沉默也连带着
揉进秸秆，它不会腐烂
只会在一撇一捋中紧紧织成
一轮灿烂的可知的冠冕，
一枚用过即弃的草编爱心结。

那双手摸圆了楞杖和藤棍
也磨亮过一生斗鸡的距刃，
它们听从自己的技艺，心无旁骛，
直到你的指尖梦游似地拨动：
我在辨认和抚摸这草结，像盲文，
从触觉来拾取那些未曾言及的落穗。

若仔细探查它那些金色的环圈
我会看到我们正沿着铁路的堑坡
走进一个傍晚，草深，虫密，
蓝烟笔直，篱墙里菜畦和耕地抛荒，
一座仓房的墙上贴着拍卖通告——

① 丰收结（harvest bow），用麦秸、麦穗等茎秆编织而成的爱尔兰传统绳结，可有多种样式。希尼小时候经常看父亲编丰收结。

你在翻领上别着丰收结，

我拎着钓鱼竿，心中早已留恋
这些傍晚莫大的振奋，而你的手杖
抽打着杂草和树丛的枝梢，
没着落地抽着，抽着，
但只惊动了虚空：那原初的乡土
仍在你亲手编成的麦秆中结舌不语。

“艺术之目的即和平”
可作为这件易碎品的题辞
让我钉在松木梳妆台——
像一个抽拉索套，
谷物之灵方才从中溜脱
但仍留下了它的摩痕，尚有余温。

纪念弗朗西斯·莱德威奇[①]

一九一七年七月三十一日阵亡于法国[②]

青铜士兵系着青铜的大氅，[③]
它僵硬地皱缩在想象的风里
任凭真实的风儿摩挲拂掠，
他那猛蹲的起跑式永久地高踞

在弗兰德。头盔和背囊，
从枪托到刺刀的坚固斜线，
纪念章镌刻忠勇烈士的姓名——[④]
对正闹心的宠儿来说真没意思，

一九四六或四七年的我便是如此，
手里紧攥着我的玛丽姑妈

---

① 莱德威奇（Francis Ledwidge，1887—1917），爱尔兰诗人、民族主义者，生于贫苦家庭，童年失父，打工谋生，自学成才，十多岁即以乡土诗赢得文学圈赏识，一战时加入英军，先后在土耳其、塞尔维亚、比利时作战，著有大量军旅诗，牺牲时未满 30 岁。

② 莱德威奇故居的牌匾上注明“阵亡于法国”，但他实际死于比利时西弗兰德省伊珀尔市附近的布辛格村，诗中可能是有意地利用这一类明显的时空错乱。

③ 长期以来，爱尔兰对参加英军的一战烈士并不重视，莱德威奇也没有大型塑像，唯英属北爱尔兰方面在各城镇为当地烈士设立的纪念碑上常有士兵铜像，诗中可能据此“想象”了一个莱德威奇的铜像。

④ 英帝国向一战烈士家属颁发铜质纪念章，直径 5 英寸，正面有不列颠女神和雄狮图案和烈士姓名，铭文：他为自由和荣耀而死。

沿斯图尔特港海景大道转月牙路[①]
再踅过石堡崖的小径下到长滩。

科尔雷因的领港员驶向运煤船。[②]
亲热的情侣们从沙窝里起身。
庄稼汉解衣露出袖扣和丝光马甲，
裤脚卷上了他那羞怯的小腿。[③]

弗朗西斯·莱德威奇，你有过海边的恋爱，
在德罗赫达那边一个礼拜天的午后。[④]
斯斯文文，甜言蜜语，淳朴天真，
你骑单车从落叶萧萧的公路离开斯莱恩，[⑤]

离开那充满忧伤和美妙的你的
归属之地：五月野花簇拥的祭坛，
复活节向仓舍泼洒的圣水，[⑥]

---

① 斯图尔特港（Portstewart），北爱尔兰北部海滨度假胜地，位于班恩河口，海景大道上的一战烈士纪念碑有一座横枪警戒的士兵等身铜像，略如诗中第 2 段所述。诗中的路线是真实的，但铜像实际与莱德威奇无关，莱德威奇不是北爱尔兰人。

② 科尔雷因（Coleraine），北爱尔兰北部城市，位于班恩河下游，距斯图尔特港不远，早年因河口沙坝淤积需要领港。沿班恩河可上溯至北爱尔兰中部希尼家乡。

③ 这个人穿着礼服在沙滩踩水。

④ 德罗赫达（Drogheda），爱尔兰东北部海滨城市，位于博因河口，靠近莱德威奇的家乡斯莱恩。

⑤ 斯莱恩（Slane），爱尔兰东北部博因河畔的一个古镇，莱德威奇的故乡。

⑥ 五朔节设花坛朝拜圣母马利亚、复活节给农田洒圣水等都是天主教徒的生活习俗。

弥撒石台和山巅古堡以及椽顶的牛圈。①

我想起你穿着英军制服的模样，
一副天主徒的死鬼相，苍白而英勇，
在战壕里游游荡荡像一朵来自博因河
通道式古墓的山楂花或沉默的果核。

一九一五年夏。我看见我的姑妈
还是一个在田野里放牧的姑娘。
而你在达达尼尔海峡的树丛背后 ②
吮着岩石来滋润干裂的嘴唇。

一九一七年。她依然在放牛
但伊珀尔的狂轰滥炸扑灭了烛火：③
“我的灵魂在博因河畔，新崭崭的牧场……
我的故乡穿上了领坚振礼的盛装。” ④

“被称为不列颠士兵，而我的故乡

---

① 斯莱恩山上有许多历史遗迹。弥撒石台是山野中的天主教秘密祈祷所，17 世纪时为躲避新教军队的镇压而设。

② 1915 年夏，协约国试图夺取达达尼尔海峡控制权，被土耳其击败，伤亡惨重，莱德威奇参加了这次战役。

③ 伊珀尔（Ypres，Ieper），比利时城市，1917 年夏爆发惨烈的第三次伊珀尔战役（帕森戴勒战役），全城被毁，莱德威奇在战役初期死于炮击。

④ 坚振礼（confirmation），已受洗的教徒经过一段时间的学习和准备之后进行确认信仰的仪式，一般面向年满 7 岁、具有分辨能力的儿童或少年。1946 或 1947 年的小希尼处于这个年纪。

在诸国中没有位置……”六周后，
你被榴霰弹撕成碎片。“真难过，
派系政治终将分裂我们的营帐。”

你是我们已逝的谜，所有的拉力
纵横交错，形成毫无用处的均势，
当风吟在这座时刻警戒的铜像
我又听到那令人困惑的鼓声，

你曾追随它从博因河前往巴尔干
却错过了你的芦笛本该发出的朦胧之音。
你不像这些死忠分子被固定了调门
尽管如今你在地下和整个乐队一起。

斯威尼赞美树木[①]

在收获季结束时斯威尼听到森林边缘传来一伙猎人的呼喝声。

——这可能是依费厄兰人来追杀我的呼嚎，他说。我在莫依拉杀死了他们的王，这支军队是来替他复仇的。

他听到牡鹿哀鸣，于是他作诗一首，诗中高声赞美爱尔兰的所有树木，并诉说了他本人的艰辛和愁苦，说：

溪谷中猛闻
这咩咩和呦呦！
一只畏怯的小牡鹿
像受惊的乐师

以思乡情重的副歌
惊起我的心弦——
在我久违的土地
兽类满山牛羊遍野。

---

① “斯威尼”原为不分篇章的长诗，以下 5 首诗题为作者编选时所加。

葱茏的橡树
在林中长得最高，
榛树的茂密嫩梢
掩藏着美味的榛果。

桤树是我的亲爱，
枝桠间完全无刺，
人性的善良乳汁便有些
在它的浆液里流淌。

刺李树是锯齿状的鱼篓
缀满黑亮黑亮的梅子；
绿水芹在泉口上搭起屋棚
给前来饮水的乌鸫遮阴。

最甜嫩茂盛的长茎，
豌豆撒出一条路；
牡蛎菜是我的至乐，
还有野草莓。

苹果树矮胖的枝丛
摇动一下就硕果扑通；
山花楸树上猩红的浆果
就像一滴滴血珠。

石楠蜷曲在侧道旁，
拱起固执的背，
拉一道血又无辜地蜷起来
埋伏下一次袭击。

红豆杉在每一座墓园
每夜里围上它的黑帽兜。
常春藤是一个阴影朦胧的
森林守护精灵。

冬青立起它的挡风墙，
冬季面前的一扇门；
矛杆上的生命线
染黑了白蜡树的纹理。

桦树，光洁而有福，
最受微风的眷顾，
高高的枝条给它梳妆加冕，
林中的王后。

白杨失色，
低语、迟疑：
一千只惊惶的短尾鹿

在它的叶影里赛跑。

但在这枝叶的世界
最让我不安的是
一根橡木杖
来来回回扫过。

斯威尼之迷途

我会幸福生活
在春藤丛中
高挂在一棵欹曲的树上
永不出世。

云雀翻飞
到它们的高空
会领我飘摇畅翔
俯瞰沼地的树桩

和我匆忙间
惊起的斑鸠。
我赶上它，
我的翅羽振振，

我也惊跳于
山鹬的惊跳
或一只乌鸫突然间
口齿伶俐。

想起我的警报，

当我降落在
那狐狸仍旧
啃骨头的地方，

我的荒野生涯
像走出森林的狼
一路撕咬
而我冲向高山，

狐狸的吠叫
在我身下回荡，
狼群在我身后
嗷嗷嘶吼——

它们哈气的舌头，
它们伏低的加速
像梦魇被甩落
在山坡脚下。

如果我露出脚踵
那是我负罪跛行。
我是一只绵羊
远离了圈群，

正埋头大睡
在基努的老树林，
梦回安特里姆
诸王齐聚的好时光。

星光闪烁霜降
落在池塘
而我会迷茫在这片
无遮无盖的高地：

鹭鸶啼鸣
在冷冷的艾丽谷，
一群群飞鸟迅速地
来来往往。

我更爱乌鸫
难以捉摸的狂歌
而非男男女女
喋喋不休的唠叨。

我更爱獾尖叫
在它们的巢穴
而非清晨围猎的
呼呼喝喝。

我更爱一只牡鹿
回响的呦呦
响彻群峰
而非那傲慢的号角。

那些无羁无绊奔跑着的
一山又一山！
没有人驯养
那高贵的血脉，

一个个超然
立在它应得的峰巅，
角枝高耸，目光警醒。
想象一下吧，

艾弗琳高山之鹿，
费斯悬崖之鹿，
杜哈罗之鹿，奥勒利之鹿，
凶猛的基拉尼之鹿。

马吉岛之鹿，拉尼之鹿，
莫依林尼之鹿，
库利之鹿，昆希尔之鹿，

巴伦双峰之鹿。

这鹿群的母亲
已白发苍苍，
跟随她的牡鹿
都角枝分叉众多。

我会托庇于她的头脑
那花白的圣所，
我会栖身于
她的迷宫般的角枝

并高挂在
这鹿角丛林
让身下的牡鹿驮着我
跨过溪谷。

我是斯威尼，峡谷里的
哀诉者、窜逃者。
但是请叫我
石顶头、鹿脑袋。

斯威尼的艾尔莎礁悲歌[①]

没有床也不管饭，
我在冰冻的巢穴
和漫天风雪里
面对阴暗的日子。

冰块在风中擦亮。
昏昏日光的惨淡阴影。
高高的台地上
一棵孤树的遮蔽。

影影绰绰的鹿径，
熬人的雨水，
结满白霜的草叶上
清晨的第一波足迹。

当我向山口攀登
牡鹿的鸣叫
在林中回荡，
浪涛声一阵一阵

---

① 艾尔莎礁（Ailsa Craig），苏格兰西部近海的一座火山岛，面积约 1 平方公里，最高海拔 338 米，形如一块半露水面的圆石。

随着我，心碎
又疲惫的，
腰腿瘦削的斯威尼，
咆哮着呻吟着。

冬夜风声飒飒，
我的脚裹满冰雹
就像我徜徉在莫恩河
斑驳的河岸

或在不眠中躺在
厄恩湖畔的湿床上，
亟待第一缕阳光
然后早早出发。

在敦赛维里
拂掠波浪，
在敦洛戴里
倾听涛声，

在大潮的巴洛河
从巨浪滔天
到波涛滚滚，
有一晚在艰苦的敦瑟南，

接下来是波纳峰
野花盛开；
然后在帕特里克山
砾滩上有一块石枕头。

最终到达
艾尔莎礁
在这里唱悲歌。
艰苦一站！

艾尔莎礁，
海鸥的家园，
天知道这里
有多艰苦。

艾尔莎礁，
钟形的巨岩，
高摩天际，
从海中露鼻——

它尖嘴利喙，
我风干如柴：
我们的结合就像一对
硬脚杆的鹤。

斯威尼在康诺特[①]

有一天斯威尼去康诺特的德鲁艾朗，他偷了些豆瓣菜然后在绿茵茵的泉边喝水。一个牧师从教堂走出来，满脸愤恨的神情，说斯威尼是个饱食终日、心满意足的疯子，辱骂他，而他躲在红豆杉丛中：

牧师：
难道你还不心满意足？
你吃了我的豆瓣菜，
接着你飞进红豆杉里边
就在我的小屋旁。

斯威尼：
心满意足的不是我！
我这样惊恐万状，
这样东躲西藏，
我连眼皮都不敢眨。

一只小鹪鹩飞飞
也吓得我够呛，敲钟人啊，

---

① 康诺特（Connacht），爱尔兰中西部五郡地区。

就像一场大远征
要把我血溅当场。

修士，你能否站在我的位置，
我换成你那边，你想想：
难道你喜欢变得疯狂？
难道你会心满意足？

有一次斯威尼在康诺特漫游耙找，来到提尔拉的阿特南。一群圣洁的人已在那里安家落户，那是一座美丽的山谷，湍急的河水从悬崖倾泻；崖壁上的树木结实开花；那里有阴凉的常春藤和累累的果园，那里有野鹿、兔子和肥猪；还有油光发亮的海豹，它们从大海那边过来，经常在悬崖上睡觉。斯威尼对这个地方渴望至极，在诗中为它高唱赞歌：

阿特南的圣洁悬崖，
坚果满园，榛子成林！
冷冽湍急的流水
从崖壁倾泻。

常春藤葱翠茂密，
橡树籽弥足珍贵。
果实累累的苹果树上

沉甸甸的枝条点头弯腰。

獾在这里筑巢，
敏捷的野兔有了窝；
海豹的脑袋在海中浮游，
补缀着滚滚的浪花。

在瀑布旁，我，科尔曼之子，
枯槁，憔悴，饱经风霜的斯威尼，
格斯山的洛南的受害者，[①]
在大树脚下安眠。

---

① 斯威尼因阻挠教堂建设，被传教士洛南诅咒，发疯后变成鸟人四处漂泊。

斯威尼的最后一首诗

曾有一段时间我更爱
斑鸠鸟在塘边飞掠
发出温柔的欢唱，
而非人们说话的喃喃。

曾有一段时间我更爱
乌鸫在山坡鸣啭，
牡鹿迎着风雪大吼，
而非这钟声的铃舌叮当。

曾有一段时间我更爱
松鸡在黎明啼叫，
而非一个漂亮女人的
话音和亲近。

曾有一段时间我更爱
狼群狂吠哀嚎，
而非一个教士用羞怯的嗓子
咩咩哼唱素歌。

你尽管去为健康干杯

并在你的酒窝子里畅饮；
我宁可张开手掌从井中
舀出水来偷偷喝。

你尽管去隐修院的肃静中
和你的学生交谈；
我宁可研究波凯茵谷的猎狗
吠叫的纯粹颂歌。

你尽管去宴会上
吃你的咸肉和鲜肉；
我宁可在别处啃豆瓣菜
活得心满意足。

牧人的尖矛刺伤我
并从我的身体一穿而过。
基督啊，谁安排这一切，为何
我没在莫依拉被杀死？

我建过许多无辜的巢穴
遍布爱尔兰的东西南北，
但我最记得一张露天的床
在莫恩的湖水上。

我建过许多无辜的巢穴
遍布爱尔兰的东西南北，
但我最记得一次露宿
在波凯茵谷的树梢上。

对你，基督，我要感谢
你在圣餐上的肉体。
我在这世上曾犯下的
所有罪过，我懊悔。

地下铁

我们曾在那地下拱廊狂奔，①
你穿着蜜月小礼服一路领先
而我，我当时就像小飞神
紧追不放，怕你变成了芦苇②

或某种染了红点的白色花朵，③
怕你裙裾翻飞，纽扣一颗接一颗
蹦出来，沿途洒落
在地铁站到阿伯特纪念堂的路上。④

新婚燕尔，游兴盎然，错过了音乐会，
我们的回声已消逝在那甬道中，此刻⑤
我又来了，像汉泽尔沿着月光石⑥

---

① 诗人回忆 1965 年 8 月和新婚妻子在伦敦度蜜月时的情形。

② 在古希腊神话中，仙女绪伦丝（Syrinx）为躲避牧神潘的求爱变成了芦苇，后来潘将芦苇制成排箫。

③ 希尼妻子的白裙在此前一天吃饭的时候染上了甜菜头的红渍。

④ 阿伯特纪念堂是伦敦一大文化中心，以每年夏季的逍遥音乐节而闻名。从最近的地铁站到阿伯特纪念堂大约有 10 分钟步程。

⑤ 在古希腊神话中，歌仙女娥刻（Echo）因多次拒绝牧神潘的求爱而被撕成碎片，大地女神收容娥刻的残魂，她洒落遍地的身体碎片仍旧歌唱，从此大地就有了回声，而潘仍痴迷回声，翻山越岭紧追不舍。也有神话说，娥刻是潘的妻子，他们的女儿依扬比（Iambe）发明了抑扬格诗律。

⑥ 在格林童话中，小男孩汉泽尔和妹妹格莱泰被迫到森林里去，他们找不到卵石只好用面包屑做路标，结果迷了路，被女巫引诱进糖果屋，差点被吃掉，后来妹妹打败女巫救出哥哥，他们骑天鹅回到家中。

追寻着原路，捡拾着纽扣

终于到达一个通风明亮的车站，
列车都已经开走，潮湿的铁轨
像我一样赤裸而紧张，全神关注
你紧跟的脚步，怕一回头会被诅咒。[①]

① 在古希腊神话中，音乐之神俄耳甫斯下到冥界追索新婚妻子欧律狄刻的亡魂，冥王被他的挽歌感动，同意放人，但要求俄耳甫斯走在妻子前面，而且在两人都抵达上界之前不能回头看，但俄耳甫斯刚走出冥界大门就回头看了妻子，她尚未跨出门槛，于是亡魂立刻消失，永坠冥界。

乌梅金酒

杜松的清新气候
渐暗着入冬。
她在乌梅里注满金酒
然后封紧玻璃坛子。

当我将它拧开
便嗅到了一座树丛
辛辣的静谧被人惊扰
在餐室里弥漫。

当我将它倒出，
它那爽利的尖刃
熊熊燃起
如同参宿四。①

我为你举杯，

---

① 参宿四（Betelgeuse）位于猎户座的肩膀，是有名的红色亮星。1979 年 1 月 8 日凌晨，载重 11 万吨的法籍巨型油轮参宿四号在爱尔兰西南的班特里港输油时发生剧烈爆炸，船体断成三截，50 人以上死亡，大火和浓烟直到两周后才熄灭，并对当地海域造成严重污染，是为爱尔兰史上最严重的海难之一。诗中用意不详。

以此烟丝丝、蓝幽幽、
晶灿灿的乌梅，虽苦涩
但足可信赖。

契诃夫在萨哈林岛

致德里克·马翁[①]

于是，他要去偿还“医学的债”。[②]
但首先他要在海边喝一杯干邑
把旅途将面对的麻烦统统抛之脑后。
他的脑袋像秋明的三套车一样[③]

晃晃悠悠，他从三十而立的扶手上
俯瞰着深达千米的自我
仿佛他就是一潭清水：
像船甲板栏杆下的贝加尔湖。

远了，莫斯科，一如逝去的青春。
而他是谁呢，在这里享用着
美酒，这还是困惑的文化界
捎来给他好带去流放地的——

---

① 马翁（Derek Mahon，1941—　），北爱尔兰诗人、翻译家，希尼好友。

② 契诃夫的职业是医生，经常为贫民免费诊治，医疗经历让他接触到社会的各个层面，丰富了他的写作。1890 年，30 岁的契诃夫前往萨哈林岛（库页岛）流放地进行社会调查，也是履行身为医生的使命。诗中可能暗示北爱尔兰当局关押政治犯。

③ 秋明（Tyumen）是进入西伯利亚的第一个重镇，当时的铁路终点，再往前行就需要在秋明换轮船或马车。

给他，你知道，柜台底下出生的小子？[①]
至少他还懂得价钱。一个领唱者[②]
在圣像屏前引吭高歌的时候
所获的快乐远逊于杯中之乐的神圣，

那种晶莹和温暖如同钻石温热在
某些沙龙时髦女郎的乳沟，
不可亵渎又公然冒犯。
他感到酒杯在白夜的余晖中发冷。

当他晃悠着起身将它在石滩上砸碎
那清晰的铿锵声如同囚犯的锁链
萦绕不散。在后来的很多个月
仍回响着仿佛是他的自由的责任

要寻找合适的调子——不是传单不是论文——
并安然逃过鞭刑。他想着要榨出
身上奴性的血，觉醒为自由人，
影从一个囚犯向导穿越萨哈林。

① 契诃夫的爷爷是农奴出身，外公是卖衣服的行商，他的父母婚后开了一家杂货店，契诃夫 16 岁时父亲破产，他开始独立生活。

② 契诃夫的父亲是当地教堂唱诗班的领唱或指挥，全家人都是唱诗班成员。

砂岩纪念品

这是一块白垩质的赤褐色
硬壳南瓜状沉积岩，
坚实可靠，像一块红砖，
我经常把玩它，换着手抛掷。

它愈发红润了，带着水下的
挫痕，是我涉过茵尼斯欧文[①]
卵石滩把它捡起时留下的。
海湾对面一盏一盏灯光

静悄悄地标出监狱的边界。[②]
一块来自弗勒革同河的石头，[③]
在地狱火河的深底会流血吗？
霜冻和盐水的侵蚀

把我的手灼烧，仿佛我已挖出使

---

① 茵尼斯欧文（Inishowen），爱尔兰最北部的一个半岛，隔弗依勒海湾可见北爱尔兰的德里郡。

② 诗中指茵尼斯欧文半岛对面北爱尔兰的皇家马吉里甘监狱，在 20 世纪 70 年代曾关押大批反英恐怖分子和抗议者。

③ 弗勒革同河（Phlegethon），古希腊神话中冥界的火河，在但丁《神曲》中它位于地狱第 7 层，在沸腾的血水中熬煮着“与邻人为敌者”：杀人犯、强盗和暴君们的灵魂。

奎多·孟福尔坠入沸腾洪水的心脏——[①]
但这不是真的，尽管我还记得
受害者的心脏装在宝匣里，万人景仰。

总之，我当时把一块湿漉漉的红石头
攥在手里，从我的想象和引喻的自由邦
注视着对岸的那些瞭望塔，
被训练有素的望远镜突袭然后击落：

一道根本不值得费工夫的剪影，
披围巾穿水鞋的傍晚散步者
无意去制定孰是孰非的标准，
佝偻着身子，只是景仰者之一。

---

① 孟福尔（Guy de Montfort，1243—1288）为报父兄之仇，乘大弥撒的时机在教堂祭坛前当着众多贵宾的面刺杀亨利王子，引起极大公愤，被逐出教门，囚禁至死。后来亨利王子的心脏装在金瓮里，安放在伦敦桥一根圆柱顶上。在但丁《神曲》中，孟福尔被打入地狱第 7 层弗勒革同河中，并被其他囚犯孤立，因为“他曾在上帝的怀抱里刺穿了 / 那颗如今仍在泰晤士河上受崇敬的心。”

保质期（节选）

花岗岩碎片

犬牙花纹石块。心灵的阿伯丁。[①]

正说着“在杯中我将投入美珠一粒”[②]
我已弄伤了手，用力握
乔伊斯的圆锤炮台敲下的这块碎片，[③]
这一块斑驳的化解不开的璀璨

我一直保存但却少有共通感——
某种在石器时代行割礼的刀具，
一把加尔文的利刃在我殷勤的脊髓。[④]
花岗岩尖利、苦涩、严苛

---

① 阿伯丁（Aberdeen），苏格兰重要港口，旧时以盛产花岗岩而闻名，城内建筑多用白色花岗岩砌成。

② 引自莎剧《哈姆雷特》，大意：坏国王暗备毒剑和毒药，安排哈姆雷特与人比斗，说，每获胜一局将火炮齐鸣，并在赐酒中投入一粒美珠（实为毒药），比历代先王王冠上的明珠还宝贵。另，美珠（union），常用义：联合，如历史上英国吞并爱尔兰的联合法案。

③ 1904 年秋，詹姆斯·乔伊斯曾在都柏林郊外的一个旧炮台小住，后来写入《尤利西斯》开头部分。乔伊斯作品复杂难解。

④ 加尔文教义经常被描述为，世人败坏，救恩先定，一个人是否得救全凭上帝的预先拣选，与个人功德无关。

又刺激。它说："到我这里来，
凡劳苦和背重担的人哪，我[1]
不会给你们提神。"又说："把握
今朝。"还有："你爱要不要。"

旧熨斗

我经常观察她将它
那结实的楔状物
从火炉上提起来
像又一次拔锚出航。

为了试热度她会瞪眼
会啐一口在它的铁脸上
或将它捧到腮边
以估计那贮存的危险。

熨衣板上的轻柔捶打声。
她弯出凹窝的手肘，
当她瞄准熨斗时
专注地弓背

---

① 参见《新约·马太福音》：凡劳苦担重担的人，可以到我这里来，我就使你们得安息。

就像推刨冲进亚麻布，
就像妇女的愤怒。
她那默默的前扑在说，
做功，就是将一定质量

移动一定距离，
就是要尽力而为
并感到应付自如。
感到拉力。以及浮力。

德尔斐之石[①]

将被带回圣所，在某个黎明
海面把朝霞远远铺向南方的时候
我再次献上清晨的供奉：
“我愿远离那血淋淋的恶瘴，
管控舌头，敬畏傲慢，敬畏神，[②]
直到他用我无拘无束的嘴巴说话。”

---

① 德尔斐（Delphi），希腊古城，有阿波罗神庙和发布预言的神谕所，信徒献上贡品可通过女祭司向神明卜问吉凶。传说在神庙里刻着很多箴言，如最著名的“认识你自己”，以及诗中提及的“管住舌头”等。

② 傲慢（hybris）一词在古希腊原指因自大过头而藐视法则、挑衅神明的行为，必然遭到惩罚。诗中的意思可能是，不轻慢神也不轻信神。

陌生化[①]

我站在他们两人中间，
这一位见多识广
而且久惯江湖，
一开口就像弓弦砰砰，

另一位，胡子拉碴，不知所措，
脚踩两桶大水靴，
眼瞅着我领来的这个陌生人，
笑眯眯地向我求助。

这时一个狡黠的中间声音
从马路对面的田野里传过来，
说："做行家讲行话，
要讲这吹过铁皮屋顶的风，

叫我雨后的多花蔷薇
或雾中清凉的雪莓。
但要爱这位远客的款式

---

① 有一次，希尼开车载着美国诗人辛普森（Louis Simpson，1923—2012）行经故乡，正巧在街上碰到希尼的父亲，大家都愣住了。

而且请叫我波阿斯的麦田。[①]

要超越你所信赖的那些
就知道不断恳求恳求的东西，
这些眼睛和水洼和石头，
要记得你从前有多大胆子

那时我第一次拜访
而你一去就永不能回头。”
一只燕雀从[illegible]树弹起，
我发觉自己载着陌生人

行驶在自己的乡土，精通
方言，吟诵着我所知的
一切骄傲，但又在这吟诵中
开始感到陌生。

① 波阿斯（Boaz）是《旧约·路得记》故事中一个善良的大财主，热心帮助拾麦穗的贫女，获得了爱情。

给凯瑟琳·安妮的榛木杖[①]

一尾鲑鱼的粼粼珠光
刚跃出水面

就不见了，但你的手杖
永远是鲑银色的。

遒劲而坚韧，
一拿上手

你就明白这掌中之物
怎样把玩怎样摆弄

怎样挥斥魔法。
不过它还会指点牛羊回家，

洒水，和抽打
大门的横栏——

这一根木杖可能取自

---

① 凯瑟琳是希尼的小女儿。在爱尔兰民间传说中，榛树有灵，树枝能驱邪，连鲑鱼吃了榛子都会变聪明。

我们的家族树。

一个蓝汪汪的下午
蜻蜓让我的目光第一次注意到它，

那天傍晚我刚把它削好给你
你就第一次看到了萤火虫——

我们都默默站着，就连你
也庞大得足以遮暗

一只萤火虫的天空。
当我拨开草丛

一个明亮的小窝便闪着眼睛
在你魔杖的削钝的尖端。

给迈克和克里斯托弗的风筝[①]

整个星期天下午
风筝在星期天高飞，
紧绷的鼓皮，吹散的麦糠。

我见过它在制作时灰溜溜黏糊糊的样子，
我拍过它在干透了发白硬挺的时候，
我还把旧报纸做的套圈粘上了
它六英尺长的尾巴。

但此刻它像一只黑色的小云雀扶摇而上，
此刻它紧拽着腹下的丝线
像拖起湿水的绳索
打捞渔获。

朋友说，人的灵魂
和一只滨鹬重量相当
然而那在空中锚泊的灵魂，
那垂坠又攀高的丝线，
却重如一道升向诸天的犁沟。

---

① 迈克和克里斯是希尼的儿子，分别生于1966、1968年。

在风筝掉进树林

这条线失去作用之前

把它抓在手里，孩子们，要感受

颤动的、根深蒂固的、拖着长尾的悲怆的拉力。

你们生而与之相应。

来，站在我面前，

抓住这种紧绷。

铁道上的儿童

当我们爬上路堑的陡坡，
便可以平视那些电报杆上的[①]
白葫芦和哧哧响的线缆。

就像生动的速写，它们一路起伏
远远向东又起伏远远向西，垂挂于
一行行燕子的重载之下。

我们还很小而且以为自己根本不懂
应该懂的事情。我们以为词语在电线上传送
如同装在一滴滴闪亮的雨珠子的邮包，

每一包都累累地结满了雨滴的
天光，语句的闪亮，而我们本身
按着比例竟是无穷的小，

甚至小到可以流过一孔针眼。

---

① 电线杆等在英语中旧称“电报杆”。

渠滱之王

致约翰·蒙塔古[①]

一

像一个入侵者
闯出了久被遗忘的大门，
并把花木都撕成
一地凌乱的短棍——

刚越过篱笆
他就沿着堤岸
解开一个隐秘的披风扣，
一道扭曲的无言

伤疤，蛛网密布的
草丛。如果我停下

---

① 蒙塔古（John Montague，1929—　），爱尔兰诗人，曾批评希尼的《斯威尼之迷途》是“夜莺群里的人猿泰山”，翻译得文艺腔太重，不够疯野、不够爱尔兰，认为尽管希尼写出了“关于”爱尔兰的杰出诗歌，但并不具备那种至关重要的才华，或嫁接的舌头有伤口，一部分心灵并没有自然而然地用爱尔兰语来思维，他的文笔更像丁尼生而不是爱尔兰，他所关切更多是英语中的效果而非爱尔兰语的力量。

他也停下
像月亮一样。

他附在他的脚下
和耳朵里，眼光老辣，
悄无声息又听觉敏锐，
一个无处安身的流浪汉。

在桥底下
他的倒影
从两岸浮动到河心，
像蛾子，迷人。

我被缠上了，
他那蹑手蹑脚的窸窣，
不可预料的踪迹，
花粉一样飘落。

二

我确实认识他。那时我在阁楼里孜孜不倦地拼命把自己向他靠拢：每个迷狂的间隙，我一根接一根抽烟，眼瞪着老虎窗外青青的山峦，我摊在那儿把自己敞开。他依赖我，如同我紧紧依靠一句译文的手脚，像一个愣头青斗胆爬上那横跨激流的桤木。枝丛中的小小的梦我。我常在噩梦中审问：

——你是不是我刚跑上楼就发现被淹死在浴室水龙头下的那个家伙？

——那个像野兔一样被刈草机砍死的在收获季穿着硬挺粗呢[①]的家伙？

——我们葬在花园里的是谁的小血衣？

——那个离着烦扰的蹄子一墙之宽在黑暗中整夜不眠的家伙？

斗胆说完这些咒语之后，我跟着他走回大门。蹑手蹑脚追踪是我的第二天性，就回到我自己一样。我记得我已被赋予这种使命。

三

那天我被叫到旁边
我有一种入选的感觉：

人们给我的脑袋套上渔网
又在网眼里缠满茂密的枝条，

我的视觉就成了一只鸟的那样[②]

---

① 粗呢（frieze），旧时爱尔兰农民常穿的结实耐用又廉价的毛麻混纺厚布，新衣挺括好看，旧衣在干农活时穿可防割。

② 在爱尔兰传说中，斯威尼大王被牧师诅咒之后失去理智，众叛亲离，他变成一个鸟人，四处漂泊，写下很多诗歌。

躲在灌木丛的中心观察，

当我像一棵摇动的树丛[①]
发出声响便是我在说话。

渠淖之王，
我恭顺地跟随他们

来到野鸽林的边缘——
凋零的天篷，暮色中隐约的草车，

我们躺在底下一言不发。
没有鸟，但我静候

在荆棘和乱石中，窃窃私语，
哪怕我动弹一条肌肉，

也会打破那些湿淋淋的蛛丝。
“回来吧，”他们说，“到丰收时，

当我们隐藏在成堆的谷物里，
当猎狗累得再也难以叼回

---

① 参见《旧约·出埃及记》故事，在神山何烈的火焰荆棘中，上帝向先知摩西显现，说：“摩西摩西，我在这里。”

击落的猎物。”而我看到自己
起身走进那伪装之中，

头结小辫，罩在麦捆中，关注着
鸟雀的掉落：一个少年财主①

撇下他所拥有的一切
走向一种漂泊的孤寂。

① 参见后文《在路上》一诗及译注。

苦路岛[①]

一

一阵催促的钟鸣
飞越了清晨的静肃[②]
和水泡汩汩的麦田，
一圈散逸的圆环
迅速被拦阻于

初发之时。“过礼拜，”
这沉寂声中呢喃
但无法安顿
已动身在
田野那边的人，

他拉着锯弓，生硬地
像抱紧一把诗琴。
他锯锯停停又端详

---

① 苦路岛（Station Island）位于爱尔兰西北部德尔格湖（Lough Derg），据说耶稣在岛上显灵向圣帕特里克指示涤罪所 / 炼狱的入口，是天主教徒的朝圣地，希尼年轻时朝圣过。

② 静肃（hush），也可理解为水流声。

榛树丛那边，
校准锯片角度，

拖回又再端详
然后轮到下一轮。
“我认识你，西蒙·斯威尼，
你这不守安息的老油条
已死去多年了。”

“你懂个屁呀，”他说着，
眼睛还盯在树篱上，
头也不回一回。
“我本是你的神秘人，
今早晨又出现了。

在树丛的缝隙，
你初领圣礼的脸庞[①]
会观察到我怎样砍木料。
当大树的枝干
被砍下或折断后晒干，

当柴烟让空气呛鼻
或沟渠窸窣流动

---

① 天主教儿童在懂事（理智之年）才开始领圣餐，一般是上小学的时候。

你便觉察我的行踪
仿佛水雾喷散。
这会让你有点害怕。

当他们吩咐你
在漆黑的卧室倾听
林中的风声雨声
并想象补锅匠们露宿
在一架跷脚的板车底下，

你一闭眼就会看见
月光下一套湿漉漉的
轮轴和辐条，还有我
被雨水灌得满满，
正往你的家门而来。”

阳光刺进榛子林，
那催人的钟鸣开始
敲第二遍。我转而留意
另一种声音：
大伙披围巾的妇女

正涉过青青的麦苗，
她们的裙摆温柔的掠拂。

她们的动作令清晨不由哀伤。
它向那一片沉寂低语：
“为我们祈祷，为我们祈祷”，

它通过空气召唤着，
直到田野挤满
似曾相识的面容，
一路拖拖沓沓
稀拉松散的会众。

那时我远远落在他们后头，
一个斋戒的朝圣者，
头脑发晕，离开家门
去面对我的苦路。
“跟任何队伍保持距离！”

斯威尼朝我大喊，
但众人的念喃
和他们跋涉的脚步
已从那娇弱、带刃的新苗地
辟开一条打药的小径，①
我被定植于此。
我紧跟那些先行者

① 打药（drugged），音近 drugget（粗毛呢）、dragged（拖拖拉拉）。

亦步亦趋，
在熏烟缭绕之前。
那催人的钟声又再响起。

二

我在大路边停车，正听着
窗外麦鸡鸣叫和风吹呜呜的声音，
这时有些东西在后视镜里复活，

一个人影快步走来，他穿着大衣
和筒靴，没戴帽，魁梧，坚定，
沿着路拱走在他奔忙的旅途，

这让我感觉自己被人挑战。
甩上了车门。我突然冲出去
直接面对一个大发雷霆的人

正胡扯什么整夜整夜都要警惕
有没有枪托来砸门的声音，
自耕农横冲直撞，他的邻居[①]

也在他们当中，反复强调事情经过。

---

① 自耕农（yaomen）常指英国大兵、亲英民兵。

“就在这附近你赶上了那些妇女，”
听明白了之后，我说，“每次我经过这座山

你的《德尔格湖朝圣者》总是阴魂不散——
就像我被跟踪了，或是我在跟踪。
我走我的，现在要去行苦路。”

“耶稣基督在上，一点都没变吗？”
他的脑袋左右甩动又抬起
像一个潜水员冒出头来，

那样子像在说：“这小犊子
是谁来着。”他又重新意识到
他现在的位置：路边，山顶上，

凉风，软化在一阵雨水中，
令他的怒火显得太扎眼，便说：
“这条路是你自己选择要行的。”

我这人在亚麻的恶臭里学会读书，
闻过绞刑架上那些腐烂的尸体
见过它们在袋子里一圈圈黏糊糊的闪烁——

硬嘴子的丝带会和狂信的奥兰治会[①]
把我变成了两面三刀的老叛徒
在他们政治的牛圈里沤臭。

如果时世难对付，我也同样难对付。
我会让我心里的背叛者捅刀子。
也许这对你来说是个教训，

不管你是谁，不管你从哪里来，
虽然你的笑容里也有些自然流露
但里面有些东西让我觉得更像是防卫。”

“我从不擅长愤怒的角色，”
我说，“我从德里郡来，
上一次游行时丝带会的乐队

还在圣帕特里克节演奏了《圣母颂》。[②]
恭顺的曲风就跟他们最初调教我的一样
而且不再配有竖琴里决不饶恕的铿锵，

芬尼党人的钢弦。你所写的许多话

---

① 丝带会（Ribbonmen），19 世纪爱尔兰天主教贫农秘密兄弟会，因在衣扣上别着绿丝带而得名，主要进行抗税抗租活动，在德里郡曾多次与新教奥兰治会爆发宗派冲突。

② 圣帕特里克节在每年 3 月 17 日举行，相当于爱尔兰人的国庆，但在北爱尔兰主要由天主教徒参加。

我听过也做过：像这次德尔格湖苦路，
拔亚麻，跳舞，好天气，路口聊天

和颤栗的本土教育之声。
都有。一直都有，奥兰治鼓乐队。
还有邻居们夜里都持枪站在路边。”

“我懂、我懂、我懂、我懂，”他说，
“但你必须要理解所面临的事情。
记住一切并保持自己的头脑。”

我说：“树篱的桤木，蘑菇，
幽深的草丛里牛马拉粪的地方，
毛茸茸的栗子壳爆开在你手里时

发出的喀拉声，烂果壳的消融，
旧果酱瓶在沟里掬满的淤泥——”
但这时卡尔顿插话：①

“这一切就像鲑鱼蹦跶在泉眼
或者蛆虫爬满伤口——

---

① 卡尔顿（William Carleton，1794—1869），爱尔兰小说家，出身佃户家庭，后改宗英国圣公会（新教），作品中痛切批判爱尔兰农民的陋习和暴力，反对罗马天主教。在短篇小说《德尔格湖朝圣者》中，卡尔顿自述了为什么他半途放弃了进入教堂的念头，并最终做出改宗的决定。

另一种生活才洁净我们的元素。

我们是大地的蚯蚓，所有
从我们身上经过的东西都将成为我们的踪迹。”
他说完这话便转过身

迈着同样坚实的步伐向大路前方走去。

三

我下跪。间断。习性的来生……
我又回到内心的告解室
念珠咔嗒和经声喃喃，祭坛边
熄灭的烛台潜进微弱的

带体温的白蜡的亲密气味。
一种活跃又停息的肃静，仿佛
在贝壳里倾听着海洋止歇，
潮水休憩并支撑屋顶。

一个海滨小摆设浮动然后又闲置
在幻象中，如磷光闪闪的野草，
一个玩具石窟缀满了贻贝苗
还有鸟蛤按着花样黏在它上面，

在一个病孩子的呼吸里珍珠凝聚
成荧荧的约柜，我的金光房子
容纳了她去世时的雪花莲气候，①
很久以前。在我们的大橡木餐柜

我会在底舱藏起来然后搜寻它，
在它的衬纸里好好地把过去收藏。
就像是摸鸟蛋，洗劫“花圈”
一词的小巢，妥帖、干燥、秘密，

跟她的名字一样大人几乎从不谈及
却是在我心里深陷的一只白鸟
惊惶地拍打双翅，当《救病扶伤经》
在连祷文中鼓起它的“为我们祈祷”。

一股冷气在跪板底下吹动。
我想象着一圈又一圈
漫步在一个全然乌有的空间，
全然源始，像声音的观念

或像在沼泽喂养的空气里觉察那空缺
萦绕在一圈被踏平的草丛和蒲苇上，
我们曾在那里找到我们几周前丢失的狗

---

① 希尼有一个早夭的小姑叫阿格尼斯（少女守护使），大人几乎不愿说起。

坏体残肢和凋颓的毛皮。

四

太阳光令我模糊晕眩，我把后背
朝向石柱子和铁十字架，
正准备说出梦话，“我弃绝……”

模糊的椭圆照片上那些新受命的脸庞，
带着乞怜味道的“父啊”发音，
蒙福佑的父母们日晒的泪痕。

我看见一个年轻牧师，像光鲜的乌鸫，[①]
仿佛他刚刚从他的受膏仪式上
走来：他的紫色圣带和绳索

或丝绦松松地系着，他的锃亮皮鞋
在打褶裥、镶花边的麻布白袍下
露出了意想不到的世俗。

他的名字已无惊无扰安息了多年
像一个旧单车轮子在沟渠里

---

① 希尼年少时家乡有一个叫奇南（Terry Keenan）的人考入神学院，后来赴海外传教，不久病死于任上。诗中所述装扮似乎是英国圣公会教士的服饰。

最终慢慢分解于缠乱的荆棘丛，

潮湿和腐朽。我的双臂大大张开
但一个字也说不出。他说，“热带雨林，
你肯定从没见过那样的。我也只熬了

两个年头。妇女袒胸露乳，
男人肋壮如鼠。一切都白费了。
我烂得像一只雪梨。做弥撒都汗流浃背……”

他的呼吸越来越短促。“在长屋里
我把圣杯高举在插羽毛的头顶。
‘十字在上’……那个天荒地远的

宣教会营地，我的使命
就是湿淋淋的爬虫们宣泄的蒸汽。”
他说话的时候，我已中断了

弃绝声明，好让开道路
给其他排队的朝圣者进来。
“我现在的年纪比你出发的时候还大。”

我斗胆说着，感到一种奇怪的反转。
“我从没见过你在海外宣教会的样子。

我只看到你骑着一辆单车，

一个回家过暑假的神学生
注定要做些体面的事情。拜访邻居。
喝茶，然后赞赏自家做的面包。

一见你穿着黑套装找上门来
他们心里都会有某种认可，
简直像个神圣吉祥物。

你施与太多救助，你解除重围，
叫世界不再重重困扰他们厨房的洞窟
以那满墙满壁的圣像画和十字架。”

“那你呢，”他喘吁道，“你在这里做的
不就是同一件事吗？是什么迷住了你？
我那时起码还年轻又无知，

我所想的就是按习俗做出选择。
你却非常清楚自己一次又一次
走进了什么。正如人们说的，神已经退出。

你在做什么呢，通过这些行动？
没用的……没用的……”他又一次喘不过气来，

他那副火烫的身子都在泛黄着战栗着。

“除非你在这里看上最后一眼。”
他所在的地方已像大路空空荡荡
我们两人都在路旁长大，那病重的人

已把最后一眼看向细雨蒙蒙的傍晚
柏油路面蒸腾着春的第一缕气息，
齐膝深的雾霭中我默默跋涉

在他身后，沿着他的巡回，探访。

五

一个老头的双手，像划水前行的软爪，
摸索着、抵御着迎面的气流。
巴尼·墨菲在水泥路上慢慢挪动。①
墨菲校长。我听见他那虚弱的声音
又一次在猛然间爆发怒吼
我便退到身后，眼睛盯着他的脚踵
像一个跟在刈草者脚后收拾秣禾的农夫。
他没穿袜的光脚丫子像干蚕豆荚

① 墨菲（Barney Murphy）是希尼的小学校长，曾给他补习拉丁文，帮助他考上省城中学。

那样崩开了缝线装在陈列罐里
高高地挂在旧教室的窗户，
白得像教室门里那些羞涩的脸庞。
“校长，”大孩子们偷偷说，“我想知道……”
窸窸窣窣的信封，献上他们，撤回，
等待他在他们的分数旁边签字，
“校长，”我自言自语重复
好让他停下来但他不转头也不动，
肩膀上静下来，他的小脑袋
警惕着湖面吹来的冷风。
我挤上前去面对他，和他握手。

燕子衬领上，他斑驳的面容
在微笑中渐渐疏远而嗓门
随时准备粗嘎嘎地发声，“幸会，
幸会啊，”趁它还没再次退废
在灵薄狱或咽喉的骨灰罂。
喉结在它久经风霜的皮囊里
像一个泵井的活塞在旱魃中运转
但榨不出任何东西来帮助那无助的微笑。
风里飘过的清晨的田野气息，
雨后的野蔷薇的性感切花，
新刈的牧场上的干秣，盛满落叶的鸟巢。
“你大概以为安阿霍利什小学

对任何人都可算是涤罪所，”
我说。“你已经走完了你的苦路。”
这时他发出一阵微微颤抖，他的呼吸
轻轻冲开空气如钐镰划过他失落的草场。
“利特里姆苔沼已桦林高耸，[①]
从前学校的位置奶牛成群
而学校花园的松软黑壤里杂草丛生。”
他就这样走了，而我却面朝歧路[②]
在这道习题吸收了更多朝圣者。
当我站在他们的念喃和赤足当中
趁着每天的晨雾我便动身
去上他的拉丁文课，面对面，
让我清新。“Mensa，mensa，mensam”[③]
在空气中吟唱，像一块忙碌的磨刀石。

“我们要找时间去我舅舅在图姆的农场——”
另一位校长说。“‘什么才是诗歌的
伟大推动力和源泉？情感，
尤其是，爱。’去年在那里的时候[④]
我喝了三大杯的井水。

---

① 利特里姆苔沼（Leitrim Moss）是安阿霍利什小学的旧址。

② 在但丁《神曲·地狱篇》中，诗人一开始迷失了正路，在太阳沉默的黑森林被凶兽恐吓，幸而得到维吉尔的灵魂指引才走完旅程。

③ 拉丁文“餐桌”的主格、夺格、受格。

④ 出自英国诗人 G.M. 霍普金斯名言：“情感，尤其是爱，是诗歌的伟大推动力和源泉。”

很凉。一直刺到我的耳朵里边。

你们应该见见他——”照常地

用油润的引语和他那歪斜的鸟眼

敲凿着细节。“你若是在路上

给人搭一个便车，你总能学到东西。”

于是他上路了，穿着束腰风衣，

在他身后，第三位培养者，

肩膀耷拉但目光清澈。“我当然知道

只要我做好衬垫，你就会跟随我，

迟早的事。四十二年了

你并没走出多远！但从那之后，

你还会去别的什么地方？冰岛，也许？或多尔多涅？”

最后他又回马一枪。“在我那个年代

只有怪人才会来这儿寻芳猎艳。”

六

雀斑脸蛋，狐毛头发，荆豆荚子，

柳花飞仙子，嫩蕨卷须儿：

她是从哪里来的？

像一个许愿刚刚许下

就不见了，我还选她当“秘密人”

并跟她说悄悄话。在我们过家家的时候。

当时我中暑了歇在老教堂门前——
一种遥远的静寂，一个空间，一个盘子，
漆黑的铁皮罐头在凳子上敲打——
像已被踏平的新石器时代的地板
在沙丘当中发掘，那里的野草
迎风瑟瑟就像芦笛吹响驴耳朵国王
“秘密，秘密。”我对钟声塞耳不听。

抱紧脑袋。闭上眼睛。树叶耳朵。“不要说。不要说。”

朝圣的人流响应着钟声
涌上台阶，而我迎着他们
去往一棵大橡树下瓶绿色的
静寂浓荫。塞宾人农庄的浓荫[①]
映在圣帕特里克炼狱的苗床。
去年夏天，在遥远乡间，没有乐曲：
解开长袍迎接美酒和诗歌
“直到太阳神回来驱散那晨星。”[②]
当一首催眠的圣母赞歌唱起
我感到一阵旧痛像一袋袋小麦

① 塞宾人（Sabine），意大利古代部族，为罗马人所败，大批妇女被掳走，后来这些塞宾妇女劝阻了丈夫和父兄之间的战争，促成两族融合。

② 引自古罗马诗人贺拉斯《颂歌》(*Carmina*）中“美酒颂”的结尾，原文大意：酒神和纵情而来的维纳斯啊，如果美惠女神们不情不愿解开衣带，就让熊熊灯火长明，直到太阳神回来驱散群星（III.21.24）。

以及草叉和锄镐的斜翘起的长柄，
它们曾嘲弄过我，在我那漫漫处男期
斋戒和饥渴中，我的夜夜暗影的盛宴中，
以挥之不去的丰盛辞藻，诸如“乳房”。

仿佛我多年来跪拜一个钥匙孔
并为之疯狂，而当一切完全敞开
却是告解室的吹气的格栅，[①]
直到那晚我看见她肤如蜂蜜的
肩胛和麦浪一般起伏的背脊
透过她的钥匙孔服装的宽阔钥匙孔，
还有一扇面朝着深深的幸运南方的窗户
敞开了让我呼吸到亲切的土地。
“正如小小的花儿也都俯首和闭拢
当夜晚的寒凉弥漫它们的茎秆，又会开放
只要它们感受了阳光的抚摸，
我同样苏醒，唤起我萎靡的能量
和我激越的心房，就像一个人获得自由。”[②]
译解的，天赐的，在大橡树下。

---

① 参见《新约》中耶稣向门徒显灵，授予门徒（以及日后教会）行使赦免的能力：向他们吹一口气，说你们受圣灵，你们赦免谁的罪，谁的罪就赦免了，你们留下谁的罪，谁的罪就留下了。

② 引自但丁《神曲·地狱》第二章，原文大意：维吉尔告诉迷途踌躇的诗人，他挚爱的贝雅特丽采等三位永恒的女性在天堂中关注着他，请勇敢前行，于是诗人感到，如小花在夜凉时俯首闭拢，日照时仰头开放，又注满了耗竭的力量，鼓起心中的勇气，像一个无畏者。

七

我曾来到那水泉的边际，
一眼就令人欣慰，流连不舍
仿佛它是个清澈的晴雨表

或一面镜子，那时他的倒影 ①
并未显现但我已觉察一种存在
投进了我专注的意识中

而不是等到他开口叫出
我的名字。尽管不情不愿我还是
转头迎向他的脸庞，那种震慑

仍如当时一般激荡着我。他的额头
在眼睛上方被轰开，但鲜血
已干结在颈脖和面颊。“放松点，” ②

他说，“就我一个。你也见过人头破血流吧，
比如球赛之后……究竟是几点钟

---

① 鬼魂没有影子或倒影等。

② 诗中提到事件：1977 年 4 月 19 日凌晨，北爱尔兰一个小镇的药店主、天主教徒施特拉森（William Strathearn）在自家楼下的店内被枪杀。他的幽灵向诗人诉说自己的遭遇，如同但丁在《神曲》中所闻。

我从梦里醒来我至今都搞不清楚

总之我听见这一阵敲打、敲打，让我
害怕，就像深更半夜的电话铃响，
所以我就意识到不能去开灯

只敢躲在窗帘后面张望。
我看见门阶上有两个顾客
还有一辆老路虎敞着门

停在街边然后我就放下了窗帘；
但他们肯定一直在等窗帘的动静
因为他们便嚷着要进店里来。

她吓得大哭并在床上打滚，
为自己的苦命嚎啕着嚎啕着，
甚至都没问来人是谁。‘难道你脑袋

迷糊了，还是着了魔？’我吼道，
更多的是想把我自己拉回意识
而不是当真出于对她的恼怒

因为敲打声也惊吓了我，他们那样闹腾不休，
而她的哭诉和尖叫让事情变得更糟。

当时他们一直在叫嚷，‘买东西！

买东西！’于是我穿上鞋子和运动外套
走回窗户后边对他们喊道，
‘你们要干吗？能不能小声点折腾

不然我不会下去的。’‘有个小孩不好了。
开开门你就看见——我们要买药
或奶粉或者一瓶随便什么的，’

他们中的一人说。他退回人行道上
让我可以在街灯下看到他的脸
而另一个也走出来我都认出了他们。

但糟糕的是敲打声并未消散，那种安静
更撼动着我。她现在是安安静静的她了，
死气沉沉地躺着，叹气着张望着。

在卧室门口我打开灯。
‘真古怪他们竟不是非找药房不可。
他们到底是谁呢都已经这么晚了？’

她问我，眼睛在脑袋上直愣愣的。
‘我去看看就知道了，’我说，但有些东西

促使我探身到床那边去攥了一下她的手

然后我便下了楼梯走进店铺
门廊。我站在那儿，迈着虚垮的腿脚。
我还记得有一股馊臭的

烹肉味儿或别的什么飘来
然后我打开了门。从那时起
我做什么你也都知道的了。”

“他们一句话也没说?”“没有。他们该说什么呢?”

“他们穿没穿制服？没戴面具什么的?”
“他们是厚着脸皮的就跟他们大白天一样，

臭狗屁地以为老子天下第一呢。”
“真是不能给人有点安慰啊，
不过他们被逮住了，”我告诉他，“进局子了。”①

粗手大脚，衣着得体，一脸实诚，他总是
爱健忘一切事情除了此刻
他那浆桶脑袋里冒腾的东西之外，

---

① 1979年末数名行凶者被捕，包括两个警察和两个义勇队成员。据称，他们认为被害人是共和军，故私下图谋报复，于是佯装幼儿急诊，骗开店门，实施了杀害，但幕后真相仍扑朔迷离。

他开始微笑。“你已经发福了呀，
自从你在一个礼拜天晚上租来
那辆大奥斯丁去追女孩子。”

经历了生死他却几乎未曾衰老。
始终还是一副运动员的洁净
在他身上闪亮，除了被摧毁的

前额和血迹，他仍旧是那个同样
矫健的中场员，穿着蓝色针织套衫
和熨得笔挺的短裤，球队里的时髦标兵，

完美，洗练，令人不可思议的牺牲者。
“请宽恕我不偏不倚的生活方式——
宽恕我的怯懦审慎的牵累，”

我被自己的话吃了一惊。“宽恕
我的眼睛吧，”他说，“我脑袋上的一切。”
随后仿佛一阵剧痛将他穿彻，

他像热浪一般战栗着然后消散。

八

黑水。白浪。雪垄。

一只喜鹊飞出老教堂
踉跄在花岗岩充塞的空间，
而我正眼瞪瞪地跪在
圣布丽吉苦修所的坚硬入口。[①]
我来了，在这苦修所的石环中央
竟是我的考古学家，惟妙惟肖，
一副写经师的脸抿紧嘴唇微笑着，
和以前一样故作惊奇
好像被我吓了一跳，让山贼式发型
在他的额头上扑扇。
然后仿佛一阵大雨遮黑了
已经黑乎乎的毛碴，他那未说出口的
痛苦的阴暗气候笼罩了他。
一个朝圣者躬身念喃着轮唱
从我们之间慢慢地走进苦修所。

“当那些幻梦的星星搏动在你床边[②]
监护室的荧屏——我是说心跳，汤姆——
它们那种剥光事物的方式令我恐惧。
我的玩笑在那次探望时早早落空。
我无法从机器上挪开我的眼睛。
我必须得马上掉头回都柏林，

---

① 圣布丽吉（St Brigid）是5世纪著名修女，爱尔兰的三位主保圣人之一。

② 诗中所述人物是希尼的朋友、爱尔兰考古学家德莱尼（Tom Delaney，1947—1979），生于都柏林，曾领导了贝尔法斯特附近弗格斯礁古镇中世纪遗存考察项目，因肺结核早逝。诗人回忆最后一次在病房探望他的心情。

心怀罪孽和空虚，感觉我什么也没说
我又违背了
约定，也未能履行一项责任。
我大约知道我们再也不会见面了……
难道我们的长久注视和最后一次握手
没有丝毫抚慰你我的友谊吗？”

“丝毫也没有。但亲切的石头
让我半身麻木地去独自面对事情。
我爱我那面目死板的考古学。
高高十字架上那些小小的
山楂果，修道院里雕刻的脑袋……
为什么别人能在那艰苦地方挖掘多年
在围墙下一个偏执的粪堆
翻遍了瓦砾和威廉党的弹丸？①
但我们全都把这当成玩笑。
我感觉我应该见过你很多次
而且可能还会——但三十二岁就死了！
诗人啊，幸运的诗人，告诉我为什么
看似应得应允的未来却离我而去？”

我说不出话来，我看见满窖的黑色
玄武石斧头，光滑如甲虫的背壳，

---

① 威廉党（Williamite），英王奥兰治的威廉的支持者、新教徒军队，他们击败了爱尔兰天主教徒。

一座会爆炸的石之力的地标，
危险的累卵。然后我看见一张脸，
他从前送给我的一尊石膏倒模
女修士像，出自高仑大师之手，[①]
嘴角温柔，戴着兜帽，一副慈悲的化身。
“你的礼物会成为我们家中的明灯。”
但当我抬头寻找他目光他却已经走了，
在那位置的人已换成一个蹲伏的
血淋淋、白惨惨的男孩，浑身污泥。[②]
“我被谋杀的那个礼拜天在杰波因特[③]
赤热的拨火棍绽放着美妙的红，”
他平静地说道。“你现在还记得吗？
你跟诗人们在那里的时候得到了消息
但继续跟他们待在那里，而你的骨肉亲人
却被小推车从菲尔山区拉回贝拉吉。[④]
他们对这消息表现出来的激动
比你还更多。”

　　　　“但他们亲身陷入危机，
哥伦，他们曾身临在
活生生的宗派仇杀现场。

---

① 高仑（Gowran），爱尔兰东南部古镇。

② 希尼的表弟哥伦·麦卡特尼（Colum McCartney）1975 年被新教民兵杀害，详见《在贝格湖滩》。

③ 杰波因特（Jerpoint），爱尔兰东南部古镇遗址，离高仑不远。麦卡特尼被害时，希尼正在那里参加一个艺术节，没有回家乡吊唁，所以很自责。

④ 贝拉吉（Bellaghy），希尼家乡的村庄。

我是沉默的，当遭逢了注定的事。”
于是我乞求我的二表弟。
“我始终看到贝格湖上连绵的灰色
还有拂晓时分空旷的岸滨。
我感觉就像一片干涸的湖底。”

“你看到，你写下——但不是事实。
你混淆了推脱和艺术手法。
对那个把我当头枪杀的新教徒
我直接控诉，你却是间接地
此刻你或许要在这个苦修所进行弥补，
你粉饰丑陋并引来
《炼狱》中那些可爱的瞎子，
还用晨露使我的死亡变甜。”

这时我似乎从梦中醒来
跟着更多我不认识的朝圣者
飘向旅社去过夜。

九

“我大脑干枯像摊开的泥炭，我的胃[1]

---

① 北爱尔兰共和军俘虏多次发动绝食抗议，1981年达到高峰，10名绝食者相继死亡，其中休斯（Francis Hughes，1956—1981）和他的表弟麦克尔威（Thomas McElwee，1957—1981）两人是希尼的同乡，希尼参加了葬礼。

缩成一团煤渣，紧紧的、脆脆的。
我经常像猎狗一路寻着我自己
可能曾在湿草地舔过时留下的血迹。
蒙着监狱的毯子，像一场埋伏[①]
在静滞中让我对周遭设施感到安全。
街灯亮起座座小镇，炸弹的闪光
在声音之前传来，我看到原野
我知道是从肖恩谷开往图姆[②]
并听见汽车声，我几年后仍能辨认
在后车厢里我像一个脸色苍白的新郎，
一个濒临边缘的杀手，空洞、死寂。[③]
当警察卸下了我的棺材，我轻飘飘的
就像我举枪瞄准时头脑里的感觉。”

这发自憔悴

和饥饿的话声消逝在漆黑的旅社：
他在那儿，停在一片凌乱的丧帖中，
裹紧了寿衣。然后礼枪队的
齐射在场院响起。我看见蛀虫
在梁柱和门框蠕动，闻到腐霉味儿
从牛圈阁楼他曾瞭望和隐藏的地方
从田野他披国旗的棺材将掠过的地方。

---

① 共和军俘虏要求得到政治犯、战俘的正当权益，拒绝穿囚衣，只接受毯子。
② 肖恩谷（Glenshane）是北爱尔兰东西公路上的一个重要山口，从肖恩谷到图姆要经过希尼家乡附近。
③ 死者原为共和军游击队员，后在袭击现场受伤被俘。

不安的灵魂啊，他们已将你安葬
在那片沼滩，你第一次投掷手雷的地方，
唯有直升机和麻鹬才能落脚
发出它们残缺的音乐，还有水苔
可以教你疗效显著的安息，
直到一只黄鼠狼嗖嗖着尾巴，
但别的黄鼠狼都不会遵从它的召唤。

我梦着漂着。一切都看似荒废
如陷进一个污秽又绚烂的洪流漩涡，
奇形的水螅浮动像一朵巨大腐败的
玉兰花，又超现实如一个流奶的乳房，
我的轻轻荡漾和漂白着的自我厌弃。
于是我在夜浪中哭泣，“我悔恨
我那未断奶的生命让我只能够
带着纵容和猜疑去梦游。”
然后，像水螅身上长出的雌蕊，
一支点亮的蜡烛升起并稳稳固定
直到那整个以光为桅之物重归
航向而它曾随之来去的潮流
已为它所驾驭和指领。不再漂浮，
我的双脚触到底部，我的心复苏了。

接着有些事情渐渐完整清晰

并微微躁动，像一个水泡
或一轮明月在柔滑波动的湖水
那蛛网涟漪的空间里升腾：熔融
而内敛的光华在一件乐器上
旋绕着它那些油亮的凸圆
在我上方鼓起，那么近那么灿烂
我看似一头摔了个倒栽葱。
然后画面清晰我醒了过来
看到阳光，听到隔壁传来一阵铃声
和龙头的哗哗声。仍在那里等我去拿！
一把全副活栓和按键的旧黄铜小号
我曾在阁楼的苫屋顶下发现，一个神秘
让我退缩了因为我想我配不上这样的珍藏。

“我讨厌我那么快就知道自己的位置。
我讨厌我出生的地方，讨厌一切
令我既听话又不肯合作的东西。”
我在剃须镜中对着自己半带冷静的
面目咧嘴嚷嚷，就像一个人
在晚会上跑到洗手间里发酒疯，
被他自己的影子欺哄和斥骂。
仿佛石头可以挑战堡垒。
仿佛漩涡可以改造池塘。
仿佛一块石头在瀑布底下翻腾，

冲刷并不断冲刷着它的河床，
可以把自己磨砺出别样的内核。
然后我想到一个部落的舞蹈从不停歇
因为他们会不停地跳下去直到看见鹿群。

十

清晨在旅社里搅动。一口锅
钩在铁链上。黑灰窸窣。开水咕噜。
大门外一片阳光灿烂。
柴烟缭绕还有陶器砸落的轰响

在我身后嗡嘤直到我看见那水杯
搁在我触不可及的高架上，就是那个
有蓝色矢车菊图案的，一枝接一枝
连续围绕着它，安安静静地像一块路标石……

什么时候它曾离开过？有一天晚上
草台班子的演员们用它来当道具，
我坐在那漆黑大厅疏离地看它
让一对情侣向它起誓并奉为爱情杯

然后把它高举在我们眼前直到大幕
在一阵平凡的喧嚣中咣当落下。

仍沉浸和魅惑于这样的转译，
它在壁炉架上恢复了它从前

冰裂的瞌睡，皮纸纹的釉光完美无缺——
就像一只水獭随洛南吟诵的赞美诗[①]
浮出水面之后，在湖底失踪了一天一夜
竟然奇迹般地毫发无伤。

于是圣徒在湖滨赞美上帝
为那耀目的不可能之事
而我又再归功于阳光灿烂的大门，
如此绝对的光亮甚至能灭掉火焰。

十一

仿佛是我投进一桶浑水里的
镶着棱镜的万花筒
像一艘奇妙的灯船浮出水面

沾了淤泥的晶体冒出一张修士的脸
多年前从格栅后面发过声
又说起挽救一切之必要

---

① 洛南（Ronan）是斯威尼传奇中的传教士、圣徒，他诅咒斯威尼变成鸟人发疯流浪，也曾救助过被斯威尼伤害的水獭。

以及抓住机会，重新想象不幸被埋没的天赋的
顶峰和闪烁的
璀璨

出不了成果的东西总会被再次填满。
“像祈祷的人一样读诗，”他说，“作为你的自我惩罚，
给我翻译一些胡安·德拉·科鲁兹的诗。”

从西班牙返回我们干裂的荒野，
他送气发出的辅音，他的额头闪着光，
他使我觉得没什么可忏悔。

此刻他的脚踏凉鞋的旅途勾起我的回忆：
我多么了解那泉水，充满，奔涌，
尽管这是夜晚。

那不朽的泉，藏匿了，
我知道它的庇护所和它的秘密
尽管这是夜晚。

却并非源头因为它没有源头，
一切源头的源头和本源

尽管这是夜晚。

再没有什么如此美丽。
大地和苍穹在此饮渴
尽管这是夜晚。

清澈得从不曾沾染泥污，
我知道道道光芒都从它发出
尽管这是夜晚。

我知道测深绳探不到它的底，
没有人涉足或探索过它有多深
尽管这是夜晚。

它的水流湍急泛滥外溢
漫过地狱、天堂和众生
尽管这是夜晚。

从那里生发的水流，
它想流得多远，就能流多远
尽管这是夜晚。

从这两道水流形成的第三道水流
我知道它流向了新地方

尽管这是夜晚。

这不朽泉藏匿着水花四溅
身处这活的食粮就意味着生命
尽管这是夜晚。

听到它呼喊每一个生灵。
他们饮这些水，虽然这里漆黑
尽管这是夜晚。

我渴望这活生生的泉。
在这精神食粮里我看得清楚
尽管这是夜晚。

十二

像恢复中的病人，我握住
从栈桥伸过来的手，踏上地面
重新体会到陌生的舒适

那只热情的手仍然紧握我
鱼一样冰冷骨节突出，是引领
我还是受我引领我并不确定

因为走在旁边步伐一致的高个男人
似乎看不见，尽管拄着幼白蜡树拐杖
行走得又直又快，双眼直盯前方。

接着我当面认出他
在那远处汽车之间的沥青地面上
冷酷尖锐地像一簇黑刺李

他的声音在条条河流的咆哮里打旋
我想起来了，虽然他还没开口，
像检察官又像歌手的声音，

灵巧，催眠，模仿，笃定
像钢笔尖向下一划，干净利落，
他猛地击打垃圾篓

用他的手杖，说："常规仪式
也不能履行你的责任。
你要做的事必须依靠你自己去做。

关键在于为乐趣
写作。培养工作的渴望
想象它的庇护所就像你夜里的手

在乳房上的雀斑里梦见太阳。
你在禁食，感到眩晕，危险。
离开这里。别这样急切，

早早忏悔。
随它去，放开，忘记。
你倾听得够久了。现在奏出你的曲调。”

仿佛我独自踏入太空
自由自在对身边的一切都
了如指掌。雨滴打在我的脸上

当我回过神来听到训话和嘲弄
还在继续。“英语
是我们的。你在耙拢熄灭的火，

在你这年纪就反复老一套抱怨。
说人们该依顺是骗人的把戏，
幼稚，像这农民的朝圣。

比起你执意在做的好事你丧失了
更多自我。保持跑题。
他们把圆圈拓宽，是时候游

出去凭你自己的力量使你自己
独特的频率充满世界，
回声探测，搜寻，调查，魅力，

深海里发光的幼鳗。”
小雨变成暴雨，柏油碎石路面
边冒烟边嘶嘶作响。他匆匆离去

雨幕垂落环绕他笔直的行走。

斯威尼之重生（节选）

在榉树上

我是一个被人遗忘的观察哨。

在我下方，一边是水泥路。
另一边，阉牛的藏身所，
饮水处的气息和膏泥
让辍学生寻得安宁，
在污淖搅腾的恶臭里自摸。

这棵大树既奇特又舒适，
既是巨木也像石柱。连藤蔓
也分不清它的纹理上的
乳牙状褶饰和锥饰：是树皮还是雕刻？

我望着那红砖烟囱矗起
它的雄蕊，一层一层，
高空工人们动作滑稽
像山上的苍蝇。

我感到坦克的推进
始于年轮上的北极星，
我畏缩于它们那复苏的威权
水泥路上一个个碾碎的闪电标志。①
头戴护目镜的飞行员回来了
飞得那么低都可以看见驾驶舱的铆钉。

我的古板的界标树。我的智慧树。
我的根深叶茂、羽毛松软的空中监听哨。

第一王国

御道是牛径。
太后蹲在凳上
如弹拨白色的琴弦
把牛奶挤进木桶。
权贵们手持节杖
统御着牲口的后臀。

度量衡是估摸
一车子、一担子、一桶子。
时间是凭记忆倒推姓名和厄运，
歉收、火灾、不公平的结算，

① 纳粹党卫军的标志为两个闪电形的 SS 字母。

在洪水、谋杀和流产中的死亡。

假如我的一切权利只来自
他们的拥戴，那又有什么价值？
我忽冷忽热拿不定主意。
他们都是随遇而安的两面派。
而种子、血统和世代仍旧
为他们牢牢坚守，一个个都
那样虔诚、严格和卑贱。

第一次飞行

更像梦游而非痉挛
但那时整个时代
都在痉挛——

贯穿我们的那些绑带和绳结
沿着布纹线一路
爆开。

当我接近了卵石滩和莓子地，
野蒜头的气味，重温着
秋霜的声学

和林鸣的含义，
我投在原野上的影子
只是副产品，

我的空房间是一个借口，
好转移阵营，重排
恩义和背叛的老戏文。

他们逐个来到树下
衣兜里装着一块石头
要吓唬我把我钩下来，[①]

我都会一头撞破，
他们走后我穿过枝叶坠下，
我的歇脚点歪歪斜斜地砸落。

我深陷于牵挂之中
直到他们开始宣告我是
一个脱离战场的吃货，

于是我掌握了空气中的新梯
到触不可及的地方去纵览

---

① 斯威尼发疯变成鸟人四处漂泊的时候，只要一落下来就经常遭到从前亲友的劝诱、追捕、关押。

他们烽火连天，他们万众云集，

他们斋戒绝食，来自苏格兰的课税[①]
一如既往，还有搞艺术的人士
把他们韵律优美的圣咏转去

阻挡大风的突击，[②]
而我欢迎之至并竭力
攀上我的峰顶。

扶 摇

沟鹬和信天翁
遨游数日也不扇扇翅膀，
同样地超乎我之上。

我渴望憨鲣鸟的攻击，
还有鹭鸶
毫不勉强的专注。

怀着群栖所的情谊，

---

① 北爱尔兰共和军俘虏多次发动绝食抗议，造成重大社会反响，但撒切尔当局拒绝谈判。另，撒切尔一直主张推行人头税，并以苏格兰为试点率先实行。

② 绝食领袖桑兹（Boby Sands，1954—1981）在狱中写下了多首通俗诗歌，其中经常提到当时的风雨天气。

怀着殖民地的刻毒警惕，
我安居乐业。

我学会不信任
杜鹃的引诱
和掠鸟的闲言，

忠于勇猛的牛背雀，
往往把我的机智与
小心眼的鹪鹩拉平

又往往屈从于
水鸡的哀婉
和秧鸡的惊惶。

我非常信赖离群的鸟儿，
并高估乌鸫的沉着
和喜鹊的风俗。

但是当金翅雀或翠鸟撕开
那日常的面纱，
翅翼飒飒地振起

而我俯冲，笨拙

又昂扬，
我的距刺随时出击。

教　士

我听见新词在牲口棚
牛群中祷告，发现他的踪影
在瓦罐和隐蔽的蒸酒器上，[1]

嗅到他香炉的臭气
在清晨的第一缕炊烟之前。
接下来他又更进一步

穿过裂缝，走出营地，
把他的牧杖深深地
插进城堡壁炉。

如果他只去戳戳他自己
那些紧锁牙关的修女
和在围墙四周打洞的歌童，

他的关于爱的拉丁文蠢话，

---

① 教士初来爱尔兰时，住牛圈，用外语祈祷，对着饮食画十字，而且会做烧酒。如主保圣人帕特里克最初是被掳到爱尔兰牧羊的奴隶。

他那些漂洋过海寄送的
羊皮纸和计划书——

但不是这样，他要压服，
凭着涂油礼和教团
他要先下手为强。

在他的山墙和尖塔
历史已种下它的旌旗，
而我被逐出境外，

躲躲藏藏，嘟嘟囔囔。
不然我一走了之？
但说句公道话，他总算

给我打开了一个王国，
疆土辽阔，人民忠厚，
我的虚无统御着它的妄想。

大　师①

他居于他自身

---

① 诗中所述与希尼年轻时第一次拜访美籍波兰诗人米沃什有关，另外还糅合了叶芝等其他前辈的形象。

像乌鸦在一座坍顶的古塔。

我必须漫长而艰苦
攀上荒圮的颓垣才能接近，
不能畏却，也不能抬眼
去搜寻他从闭修所的隅角
是否投来关注的目光。

从容不迫地，他会开解
那隐忍克制的书册，
一次一页，但没什么
玄虚的，都是些老规矩，
我们已在石板上题写过多次。
每个字符都牢牢在羊皮纸上紧固着
它们的体量和尺寸。
每一句箴言都占有其空间。

“说真话。不要怕。”
这些耐久、顽强的观念，
像采石工人的锤头和楔子
已由毫不妥协的效力得到验证。
像一块块盖顶石让你安歇
在那泉源的香汤里。

纤薄无力啊，当我攀爬
那墙上的无栏的楼梯，
耳听着决心与风险
在我的头顶呼呼扇翅。

写经师

我对他们从不热衷。
如果他们出类拔萃他们就乖戾
又棘手跟他们用来熬炼
墨汁的冬青树一样。①
如果我从不属于他们的一员，
那他们也从不能否定我应有的位置。

在肃静的写经室
一粒黑珍珠不断脓结在他们体内
像翎管里陈年干涸的梗阻。
在盛赞辞的页边
他们东搔搔西挠挠。
他们还会咆哮，不是日光昏暗
就是白灰放得太多让犊皮纸乏味②
或者太少了又油腻腻的。

---

① 欧洲传统书写正式文件的墨水主要用树瘿汁液制成。
② 皮纸制作时要浸泡石灰水以去除胶质，最后工序还包括浮石、白垩、高岭土等不断研磨以平整书写表面，使之更光滑、吸墨。

在花样字符的屁股下
他们麇集了短视的忿恨。
仇怨已深植在他们的头文字
那些舒展的蕨须之中。

时不时我会惊避三舍
然后看到趁我远离之机
那倾斜的草书已连成一片并发觉[①]
他们技艺娴熟，一页一页与我对抗。

但愿他们能记住这并非不值一提的
对他们所珍视的艺术的贡献。

冬　青[②]

该下雪的时节却下起大雨。
我们出去采冬青的时候

沟渠泛滥，我们都湿淋淋[③]

---

① 连笔草书兴起较晚，在英语区大约 17、18 世纪才开始流行，而此时修道院写经传统早已没落。

② 欧冬青树下部和嫩枝的蜡质叶片有交错尖刺，浆果鲜红，经冬不凋，常用作树篱。基督教传统以挂果的冬青绿枝编花环为圣诞节装饰物，比喻耶稣受难时的荆棘冠、宝血、烈焰、永生等。诗中前半部分所述是我们曾在错误的季节或地区去采冬青。另参见前文《写经师》开头部分。

③ 原文第 2、3 行用了 8 个 w 头韵，表示很湿很湿（wet）。

没到了膝盖，手上全是口子，

雨水往我们的衣袖直灌。
该是浆果累累的时节

但我们带回家的那些枝梢
晶亮晶亮如爆碎的绿瓶玻璃。

此刻我坐在这里，一屋子装饰着
浆果鲜红、蜡叶硬挺的玩意儿，

我几乎忘掉了从前是怎样
浑身湿透或怎样渴望大雪。

我像一个怀疑者取来书本，
想要它熠熠生辉在我的手边，

哥特体的树丛，璨晶体的堡墙
锋利如冬青或冰棱。

一个艺术家[①]

我喜欢想象他气恼的样子。

---

① 诗中形象与塞尚有关，当时希尼正读到里尔克书信集对塞尚的推崇。

他跟岩石硬顶的执拗，[①]
他对绿苹果内涵实质的逼压。[②]

他那么狂吠就像一条狗
朝自己的影像狂吠。
他那么厌恶自己所信奉的
工作就是唯一做工的事——
即便企盼一点感激或赞美
也是粗俗，这些
意味着对他的偷袭。

他的刚毅那么坚守和强固
因为他做了他所知的事。
他的前额像一颗抛出的滚球
游历在未曾描绘的空间，
在苹果背后和山峰的背后。

那　时[③]

大弥撒书摊开了，
垂下的丝带

---

① 塞尚的风景画如圣维克多山系列把山岩简化为块面，并试图用各种不同色彩关系、几何感来表现物像的体积和艺术家的自我情绪。

② 塞尚的静物画中有很多苹果，经常只作为几何要素中的球体来处理。

③ 原题为拉丁文。诗中回忆了作者少年时在教堂的经历。

有翠绿、紫红和水白。

不及物地，我们辅祭，
忏悔，领受。动词
提升我们。我们敬拜。

我们举目观看名词。
石祭坛是黎明，圣体匣是正午，
红体字本身是一片充血的晚霞。①

此刻我住在一个著名的沙滩，
下半夜尖叫不停的海鸟
像是难以置信的灵魂，

就连海景大道的堤墙
我扑上去寻找信念
也很难诱使我信任。

在路上②

大路在前
以匀速

---

① 弥撒书、祈祷书在相应经文的边栏用红字印有礼仪指示，如某处由某职司诵念、某处要念多少遍、某处全体起立等等。

② 参考契诃夫同名短篇小说《在路上》(1886)。

滚滚卷过
淌水的沿沟。

像夺标竞赛，
我的两手狂搏
那空空的
圆形方向盘。

驾驶中的恍惚[①]
把所有的道路合一：
炽天使浮现的，托斯卡纳
步道，郁郁葱葱的

多尔多涅的橡林小街[②]
或一条穿过麦地的田埂，
曾有个少年财主[③]

---

① 恍惚（trance），拉丁词源 transeo 本义：走过去、跨越；常指因神鬼附体或致幻影响而导致的某种迷狂、神游或入定的通灵状态，在方言中也常指巷弄、走廊、过道等。

② 多尔多涅（Dordogne），法国西南部河流和地区名，古城佩里格是旅游胜地，域内多有上古半人工洞穴体系，已发现了大量古人类活动遗存，其中拉斯科洞窟有著名的石器时代壁画。

③ 在《新约》故事中，一个少年财主问耶稣："夫子，我该作什么善事才能得永生？"耶稣说："你若愿意完全行善，可去变卖所有财产分给穷人，那就必得财宝在天上，然后来跟从我。"但那少年人不舍得世间财富，就郁闷地走了，于是耶稣对门徒说："骆驼穿过针眼，比财主要进神的国还容易呢。"诗中可能用财富比喻知识、艺术等；希尼本人长期游离于北爱尔兰乱局之外，不肯奉献自己的才华去作政治传声筒，颇受激进派指责，他的心中也难免有这方面的焦虑、负罪感和企盼。

在那里提问——

“先生，我当怎样行
才可以得救？”[①]
或是某条路上有一只鸟，
长着土红色的背

和黑白相间的
尾巴，像拼花地板[②]
的燧石和黑玉，[③]
滚滚轮转

垂临在我的头顶。
“去变卖你所有的，
分给穷人。”
我便远走高飞，

像一个人类的魂灵

---

① 引自《新约》。与“少年财主”经文中“求永生”略有不同，此处原指一个狱吏看到地震崩溃了监牢，以为被囚的基督使徒脱逃而欲畏罪自杀，祈求使徒保罗救助，保罗说当信主耶稣必得救，于是狱吏当夜就全家受洗皈依了教门，次日长官果然没有追责，反而礼送使徒出境。

② 拼花地板（parquet）即讲究的镶嵌图案木地板。又指：检察官、公诉人，因为在法庭上，法官坐高台，而检察官则站在下面的地板上。

③ 在石器时代，燧石片是主要的砍切工具，黑玉（煤精石）可打磨成首饰；两者并不是铺装木地板的材料，也不珍贵。参见约翰·邓恩诗《挽歌和葬礼·死亡》（大意）：语言你太狭隘太虚弱无法安抚我们……对你而言她太宝蓝晶亮、太纯净且不虚弱，你只有黏土、燧石和黑玉才适合栖居。

从嘴边长满翎羽①
以波动起伏的男高音②
哥特体拉丁文。③

我是一鸟独悲苦，④
诺亚的鸽子，
一道惶恐的投影
横掠那鹿径。

如果我落地
会是经由
一扇小小的东窗，⑤
我曾硬挤进去

凭着迷信⑥

---

① 鸟羽从喙后缘长起；人嘴边长胡子，口吐语言，诉诸羽笔；旧时钢琴内使用翎管为拨子。

② 男高音（tenor），拉丁词源本义：长久的紧握、持续不断的进程，形容壮健强韧，文章主旨等，后因男高音多是一部歌剧的主调，故称。

③ 哥特体在西欧盛行于文艺复兴前后共五六百年，相当于写经师时期，至今一些老牌报纸仍在报头沿用；德国使用哥特体时间最久，纳粹崩溃后废止。

④ 独鸟悲苦者一般指喜鹊，常被当作预示凶吉的鸟类。英语童谣“One for Sorrow”：一鸟独悲催，二鸟喜相随，三鸟亲人丧，四鸟生儿郎，五鸟狱中夭，六鸟金财宝，七鸟鬼兮兮，不能告诉你……

⑤ 教堂的朝东的窗户常是整幢建筑中最大、最华丽的，饰有精美的彩画玻璃或铁艺窗棂，象征圣灵的鸽子是常见图案。

⑥ 迷信（superstition），拉丁词源 superstitio 本义：站在高处，因畏高而惊愕、恐惧，不是对神本身的敬畏、信仰。

往高天攀爬，

醉醺醺乐陶陶

栖上礼拜堂的山墙。

在流放地的板棚上 ①

我可以窝一晚，

然后躲进那墓园

围墙的裂隙，

眼看一手接一手 ②

不断地消磨

在那胸膛又冷又硬的

许愿花岗石。③

“还要来跟从我。”

我会远走迁栖

从高高的岩洞口

进入燕麦晒暖的绝壁，④

---

① 板棚（slab），特指早期移民或流放者在澳大利亚一带用劈柴锯木搭建的简陋房屋，当地乡村教堂亦多如此。

② 可能指虔信徒们不断触摸，或登高者徒手攀缘。

③ 天主教徒许愿还愿需在神前立誓并给教堂奉献钱物、寄放信物（ex voto），如刻有姓名的小石牌。另，花岗石（granite），音近 grant（赠予）、grantee（受赠者）、gratitude（感恩），在诗中是冰冷坚硬的。

④ 燕麦相比其他麦类更耐凉，在夏季冷湿的北欧也可种植。

沿着软苔疙瘩、
烂泥坑洼的通道，
脸畔扑扑，翅尖呼呼，[①]
来到了最深的厅室。

那里有一只饮水的鹿[②]
被刻进了岩石，
它的腰腿和颈项
扬起一圈圈等高线，

那深凿的轮廓
弯向一具紧绷的
预料中的口络
和一个鼻孔偾张

在干涸的泉边。
从我的变化之书
我会深思默想
这板着石脸的守夜人

直到长久哑然失声的

---

① 此处可能是指钻进山洞时，脸上挂到杂草或蛛网、耳中听到蝙蝠惊飞。

② 法国多尔多涅省拉斯科洞窟（Grotte de Lascaux）的石器时代壁画中有很多动物形象，包括各种鹿。诗中所述可能是一只大角鹿的画面，角枝略如等高线，嘴前方有一块剥落岩皮，像干涸的水洼。

精神打破了封盖

扬起一阵尘土[①]

在那枯竭的洗礼池。[②]

① 扬尘常比喻引起一片哗然，大惊小怪。

② 洗礼池（font），本义：源泉，可比喻钢笔的墨水囊、灵感源泉等；同形词意为：字型，活字印刷中一套一套不同的字模，诗中也可指印刷厂的活字已被用尽。

给伯纳德和简·麦卡比

河床，干枯，落叶半满。

我们，在林中听河。

字母表

一

那影子是他父亲两手交叉，
拇指和其他指头啃着墙皮
像一个兔头。他知道
他上学之后还会知道更多。

第一周他每天都在用粉笔画烟圈，
然后画树杈子，他们说是 Y 。
这叫写字。先画一个鹅脖子再画一个鹅背
就成了一个 2 ，现在他能说也会看了。

在石板上画两根椽子加一条过梁，
这种字母有些叫“啊”，有些叫“唉”。
还有图表，还有标语，还有正确的
执笔方法以及错误的方法。

首先学“抄写”，然后学“英语”，
做对了就标上一把翘起来的小锄头。
墨水瓶的味道飘荡在肃静的教室。

窗玻璃上倾斜的地球仪像一个彩色的O。

二

变格词形的诵唱恍如赞美诗，
一列又一列，层层叠叠，
《拉丁文基础》第一册
裹着石纹纸和恫吓，让他心生畏惧。

然后他被寄养在一所更严厉的学校，
校名取自橡树林的主保圣人，[①]
那里的课程按钟声轰鸣来调换
而他离开了拉丁文论坛躲进

新书法的阴凉里，宾至如归。
这种语言的字母就是树林。[②]
大写是花团锦簇的果园，
手写体的线条就像沟渠里缠绕的荆棘。

在这里，她盘着头发赤着脚，
丝丝卷绺应和谐音与鸟鸣，

---

① 希尼12岁考入德里市圣高隆学校，圣高隆（St Columb）是德里的主保圣人，德里的盖尔语原意为“橡树林”（doire）。

② 古爱尔兰的欧甘字母以树木的名字作为各个字母的昵称。

诗人的梦像阳光在他身上弥漫
然后又溜进了阴惨惨的密林。

他学习另一种字体。他是抄经师
驱策一组羽笔驰骋在他的雪白原野。
在他斗室的门外，乌鸫扑击敲啄。
然后又克己、斋戒，纯粹的冷。

按照越往北越艰难的规则
他俯身书案重新开始。
基督之镰已进入底层灌木。①
字体渐渐荒芜，有墨洛温风格。②

三

地球旋转。他进入了木头的 O。③
他左援莎士比亚。他右引格雷夫斯。④
时间已推平了学校和学校的窗户。

---

① 诗中可能是说，随着基督教和正统文化的深入传播，欧甘字母及其他异教文化渐渐消亡。

② 墨洛温风格（Merovingian）盛行于公元 7—8 世纪法兰克地区的一种字体，比较瘦长、拙朴，后为更流畅、规范的卡洛林风格取代。

③ 伦敦环球剧院（Globe Theatre）由莎士比亚剧团创立，始建于 1599 年，最初为圆形木楼，戏称“木围子”（wooden O）。据说，剧场的名字取自“世界是一个舞台”。

④ 格雷夫斯（Graves），这个姓氏的名人很多，具体不详。诗中也可能指“墓地”（graves）。

压捆机卸下草卷就像打印纸，堆叠的麦垛

在丰收后的地场上搭成兰姆达
还有一颗颗马铃薯窝里的德尔塔形
被直接拍落，印在秋霜上。
都已逝去，唯有欧米茄仍在 ①

每一扇大门上守望着，吉祥的马蹄铁啊。②
然而图形化的语言，空中的绝对者，
如君士坦丁大帝的天光符文“凭此印记” ③
依旧能支配他；或许这位召魂师

会在他那大宅邸的穹顶上
吊着一个上了色彩的世界形象
所以当他四处周游的时候
眼中便能看到整个宇宙的形象

而非“零丁什物”。又如宇航员
通过小舷窗观看他的出生地，
那升腾的、水状的、单一的、透亮的 O

---

① 欧米茄（Ω、ω）是最后一个希腊字母，意思是“大 O”。

② 字母 Ω 状如马蹄铁。西方人家常在门上钉一个马蹄铁，可驱魔辟邪。

③ 相传，312 年，君士坦丁大帝在大战前看到幻日异象，太阳上有一个明亮的十字架和一圈希腊文：Εν Τούτῳ Νίκα，译成拉丁语就是：in hoc signo vinces，意即：凭此印记（你必）得胜。君士坦丁胜利后皈依了基督教。

就像一枚放大的浮动的鱼卵——

或者，就像我本人睁着前反思的大眼[①]
急不可耐地注视着梯子上的泥水匠
刮平我们家的山墙然后用抹刀尖写上
我们的名字，一个个奇特的字母。

---

① 前反思（pre-reflective），萨特哲学概念，大意指：在笛卡儿式的“我思”之前，还有一种真正的原始意识，即前反思，它还没有设置主体/客体的对立，是思维的前提，是人的真正的存在，哲学研究应以此为出发点。

界　标

一

在这里仔细掏挖，我会找到
一枚橡实和一颗锈螺栓。

若我举目，工厂的烟囱
和沉眠的高山。

若我侧耳，有机车调轨
和马匹疾步。

有什么新奇的，当我想到
我还要再进一步思考？

二

当人们说起谨慎的松鼠会藏宝贝
它就像圣诞礼物一样闪光。

当人们说起罪孽的财神
我兜里的硬币就像火炉盖一样羞红。

我是界沟也是界沟的两岸
忍受着声索各方的局限。

三

两只水桶比一只水桶好提。
我就在中间长大。

我的左手放置标准铁砝码。
右手把最后一撮麦粒撒进天平。

郡县和教区在我的出生地交汇。[①]
当我站在河心的踏脚石上

我便是中流跃马的最后一个伯爵，
仍在进行谈判，让同侪耳力可及。

---

① 希尼的出生地靠近伦敦德里郡、安特里姆郡交界处。

作于写作前沿

那空间顿时紧闭和虚无，
当汽车在路上截停，军队检查
车型和牌照，一个人伸头

探向你的车窗，你发现还有更多人
已在山那边持枪瞄准，
居高临下地将你牢牢锁定，

一切都纯属盘问，
直到一支步枪点头你才敢动弹，
小心翼翼又若无其事地加速——

有点疲惫，有点空乏，
一如既往地在内心深处战栗，
屈从，是的，而且顺服。

就这样你驶向写作的前线
并重遇这一切。架起的机枪；
中士的对讲机时断时续地重复

你的信息，等待着通关的

啸叫；向下瞄准的神枪手
逆光投来的身影像一只猎鹰。

接着你突然就过关了，传唤又释放，
仿佛你已穿过一条瀑布
蹚着黑色的水流行驶在柏油路上，

经过装甲车队，经过一个个哨位，
他们一阵阵拥来又退去
像树影在挡风玻璃上摩挲。

山楂灯笼

冬季的山楂不合时宜地燃烧，
带刺的果儿，给每个小人一盏小灯，
但对他们一无所求只要他们守护
那自尊的灯芯不让它熄灭，
也不会用巨亮去晃瞎他们的眼睛。

但有时当你的呼吸在霜雪里喷吐
它会化作第欧根尼漫游的身影，①
提着灯笼寻找一个正直的人；
当他把树梢上的灯笼举到眼前
你终于在山楂后面被仔细端详，
而你畏缩于它坚实的髓肉和硬核，
希望它那放血的尖刺给你检验和澄清，
它那挑剔的成熟将你透视，然后继续向前。

---

① 第欧根尼是古希腊犬儒派哲人，行为怪诞，传说他曾在白日提灯四处寻找诚实的人，或真正的人。

作于良心共和国[①]

一

当我在良心共和国着陆，
引擎熄火，万籁俱寂，
只听见跑道上空一只鹬鸟的声响。

入境处的书记员是个老头，
他从土产的外套掏出皮夹
给我看一张我爷爷的照片。

海关的女士要求我申报
我们传统医药的用语和
治疗哑巴和防止邪眼的符咒。

没有脚夫。没有译员。没有出租车。
你要负担自己的包袱然后很快
你的巴结特权综合征就消除了。

① 这首诗是作者应爱尔兰大赦国际组织邀请为国际人权日而作。

二

在这里，雾是一种可怕的恶兆而闪电
预示着普遍的善，父母亲会把襁褓中的
婴孩悬挂在雷雨天的树枝上。

盐是他们的珍稀矿产。海贝
在诞辰和葬礼上被捧到耳边。
所有笔墨和颜料的基质都是海水。

他们的神圣标志是一艘图案化的船。
船帆是一只耳朵，桅杆是一支斜倚的笔，
船体呈嘴状，龙骨如一只睁开的眼睛。

在就职典礼上，国家领导人
均须起誓拥护不成文法并要痛哭涕泪
以抵偿他们身为官员的有罪推定——

并宣认他们的信仰，一切生命皆源自
泪水之盐，源自大天神有感于
他自身的漫漫孤独而流下的泪。

三

当我从这清廉的共和国归来，
两条胳膊一样长，海关的女士[①]
坚持说行李重量限额就是我自己。

老头站起来注视我的脸，
然后说，这是正式承认
我现在拥有双重国籍。

因此他期望我回国以后
能认识到自己身为一名代表
要用我的语言替他们说话。

他说，他们的大使馆遍及各地
但都是独立运作
而且每个大使的任期都是终身的。

① 爱尔兰谚语，两条胳膊一样长，意即两手空空，没有提着礼物。

冰　雹

一

我的脸上一丁一丁：
突降冰雹
在路面扑打弹跳。

当天又放晴
那些风也似的博学的家伙
已经撤走

只留下我抓住机会。
我让一小团硬球
化成热水从指缝中流走

正如我此刻的所为：
借着真实之物的融化
刺痛它的不存在。

二

同样，还要考虑

那些阵雨捣蛋鬼。
他们以拒不准许的方式

撞击着教室的窗户
就像戒尺敲打指关节，
刚开始还那么美好

但转眼就变成一摊烂泥。
托马斯·特拉赫恩有东方的小麦[①]
作见证行神迹，

但对于我们，就是冰雹的刺冷
以及艾迪·戴蒙那双不怕痒痒的手
能在荨麻丛里打草谷。

三

奶头和蜂巢，螫伤的肿疮，
那些小橡实简直意味着
暧昧和禁忌，

当阵雨停止，

---

① 特拉赫恩（Thomas Traherne，1637—1674），英国诗人、神学家，20世纪初引起关注。

一切都在说“等等”。
等啥呢？等了四十年

才说在那儿、那儿你已预尝了
你的后果的真实前兆——
瞳孔散大

光芒静寂地绽放，
汽车的雨刷兀自摆动着
在泥水里划开完美的辙痕。

裁决石

当他站在审判庭的时候
手里提溜着拐杖，阔檐帽
还戴在头上，已残伤于自我怀疑
以及一种花言巧语、诸多借口的老式轻蔑，
如果判决被人说漏了嘴那就是不公正的。①
他所期待的不会仅止于那终极法院的辞令
他仰仗了一生的闭口不言。

不如就像赫耳墨斯的审判，②
他是石堆之神，上面的石头都是裁决
结结实实地砸在他的脚下，垒在他的身周
直到他站在齐腰深的冢垛里
达到了神化：也许是一根门柱
或坍塌的墙基，大冢草掩埋着沉默，
但最终会有人将它打破，说："在此地
他的精神犹存，"然后还会说上很多很多。

---

① 判决（sentence），也可理解为：语句、箴言。诗中可能暗指：人生信条只需谨记和奉行，多嘴多舌说出来就不是那么回事了。希尼的父亲和老辈人都信奉沉默是金。

② 在一些古希腊神话中，赫耳墨斯也是死者灵魂的接引者（psychopomp），他会称量灵魂的重量，然后把他们带向地府；但赫耳墨斯的一般形象是聪慧圆滑、多才多艺、能言善辩的神。

匙　饵[①]

一个新崭崭的比喻提到面前，
我们说：灵魂可相较

于一枚匙饵，小孩子翻找
铅笔盒的滑盖底下寻得，

只需一眼便可想象一生，
高飞、自由，放线脱轴，不知所终——

一颗流星又回归了黑暗。
它逃离他并在猛然间烧掉他

就像那个财主哀求的仅仅一滴水[②]
掉着掉着掉进了辽阔的深渊。

然后退场，一位英雄的锃亮头盔

---

① 匙饵（spoonbait），一种钓鱼假饵，用闪亮金属薄片制成，略如小勺凹弧状，下挂鱼钩，主要靠反光闪动吸引鱼类。

② 参见《新约》故事：有个财主生前奢华宴乐，死后下地狱被火烧，但曾在他门前乞食的最卑贱的乞丐拉撒路却得上天堂，财主就哀求先祖："可怜我吧，打发拉撒路来，用指头尖蘸点水，凉凉我的舌头。因为我在这火焰里，极其痛苦。"先祖说："你我之间有深渊限定，以致人要从这边过到你们那边，是不能的，要从那边过到我们这边，也是不能的。"

停放于乘风破浪的舰队舯仓。

退场，抑或，一件闪光的玩物
卷着他溯上逆流，什么都不会刮蹭。

清　空

怀念母亲 M.K.H.，1911—1984

她把她叔叔教给她的一切也教给了我：
哪怕最大块的生煤只要找准了纹理
和落锤的角度也能轻松劈开。

那悠闲舒畅的轰然撞击声，
它那增递又湮没的回响，
教会我奋力，教会我放松，

教会我在锤头和煤块之间
面对音乐。此刻仍教我倾听，①
在那线性的漆黑背后发现富丽。

一

一颗卵石在百年前抛射
还继续向我飞来，它最初
瞄准一位曾祖母的背叛的额头。

---

① 面对音乐（face the music），常指面对困难、勇于承担、付出代价、接受惩罚等。

马驹在狂奔，骚乱在追逐。
她埋头蜷伏在车座，①
在第一个礼拜天穿过夹道鞭笞
为了望弥撒惊惶驰下山坡。
他扬鞭冲过街巷，任人大叫“伦蒂！”②

并称她为改宗者、外嫁新娘。
总之，这幅风俗画
传承自我母亲一方，
她去世后由我来处置。
并非银器和维多利亚式的绣花，
而是免责的、被免责的卵石。

二

抛光的油地毡闪耀。黄铜水阀闪耀。
瓷杯子还是那样硕大和皎洁——
配齐了糖缸和奶罐，完美无缺。
开水壶鸣笛。三明治和茶糕
已上桌并放妥。以防溶化，

---

① 车座（trap），诗中指一种单马两轮无蓬轻便马车，又暗指 trap 的常用义：陷阱、捕兽夹，另音近 tramp：践踏、婊子。

② 伦蒂（Lundy）在北爱尔兰（新教徒）语汇中指叛徒、懦夫。1689 年，新教徒控制的德里城被天主教大军围困，城防司令罗伯特·伦蒂有意献城投降，消息泄露后引起公愤，伦蒂乔装打扮，连夜逃回英国，后被关押在伦敦塔。

黄油不能摆在太阳底下。
不许掉面包渣。不许翘椅子。
不许伸手。不许指点。不许大声搅汤匙。

祖父从他的老地方起身
把眼镜推上光溜溜的脑边，
慌乱中归家的女儿还没敲门
便得到了迎接。“没事就好。”
他们一起走进那辉明的房间，
在那亡灵之地，新路 5 号。①

三

从前其他人都去望弥撒的时候
我便全属于她，我们在家削土豆。
它们打破了沉默，一颗接一颗
像焊锡珠子从烙铁上滴落：
凉爽地搁在我们中间，共享的成果
在一大桶清澈的水里闪烁。
滚落不断。欢愉的小小水花
从彼此的劳动把我们的感觉激发。

---

① 新路（New Row）5 号是希尼外祖父家的地址，参见本诗第 7 章。亡灵（Dead），音近 Dad（爸爸）。

后来当教区牧师来到她的床前
声情并茂地进行临终祈祷
有人回应经文有人模糊了泪眼，
我想起那时她的头和我的头紧靠，
她的呼吸与我交融，我们的刀子飞快——
这样的近切我们一生再也不曾复来。

四

越担心做作她就越是做
不成，只要碰上她吃不透
怎样发音的词。“拜托别来稀的。”[①]
她总是要把事情整得拧巴拗扭，
每一次，仿佛就会泄露
她的拧巴和捉襟见肘
如果完全适应一个词语。
当她对我说，“反正你什么都知道，”
更像挑战而非骄傲，所以我管住舌头，
在她的面前要用一种调整得
恰如其分的反叛姿态来泄露
我的学识。我会说“好”和“孬”
并得体地屡犯语法错误，

① 希尼母亲不懂外语，又怕做作，所以刻意按她的方言来念德国文豪贝尔托·布莱希特（Bertolt Brecht，1898—1956）的名字。

让我们结为同盟又无路可逃。

五

刚从绳上收来的床单凉丝丝
让我以为肯定还有潮气在里面，
但是当我抓起我这头的一角
跟她那头拉开，先绷直边线
然后找对角，然后掀起抖平，
布料像船帆在侧风里摇震
发出一波波干透了的噼啪声。
我们抻平再对折，最后手贴着手，
一眨眼，仿佛没有什么事情发生
因为没有什么事情是未曾发生
在从前的每一日，只是一碰就走，
然后又重新靠近，回头折返，
在这样的棋步中我是 X 她是 O①
题写在她用旧面粉口袋缝成的床单。

六

随着复活节期初绽晨光②

---

① 一种画圈圈叉叉的井字棋游戏（noughts and crosses）。

② 一些教堂的座向设计参照了复活节日出方向，让第一缕“新光”照在彩画玻璃的神像上，诗中可能指圣母怜子像。

我们的“儿子与情人”状态
在圣受难周的仪式中高涨。[①]
子夜的点火。逾越的烛台。
摩肩接踵，欣喜地挨近
在满当当的教堂前跪伏，
我们一起遵循课经
和礼拜指南迎接圣泉的祝福。
“我的心切慕你，如鹿切慕清溪……”[②]
浸手。抹面。水中吹入了灵气。
水中混合着香膏和精油。
圣礼瓶叮当。焚香仪式，
赞美诗的高唱在骄傲中领受：
“我昼夜以眼泪当饮食。”[③]

七

他在最后几分钟对她的诉说[④]
几乎比他们的一生还要多。
“星期一晚上你就能回到新路，

---

① 复活节期是天主教礼仪的一个高峰，复活节前夜的守夜礼上会进行点燃新烛火、注满圣水池、给小孩施洗礼或坚振礼等仪式。

② 引自《旧约・诗 42:1》，省略部分是：我的神啊。

③ 复活节前很多天主教徒会斋戒一周，节日当晚全家团聚开斋吃大餐，小孩有彩蛋。引文出自《旧约・诗 42:3》，后文是：人不住的对我说，你的神在哪里呢？

④ 这里的“他”指诗人的父亲帕特里克，一个信守沉默是金的男人。

到时我去接你，我一进门
你就会开心起来……对不？”
他俯向她垫高的头倾诉深深。
她听不见，但我们喜不自禁。
他叫她好姑娘。她就此去世，
对脉搏的搜寻已放任听凭，
在现场的人都明白了一个事实。
我们围拢的空间已腾到内心保管，
那猛然清开的净空被它贯穿。
所有高唱都被伐倒了，
一种纯粹的改变发生了。

八

我感到自己在一个空间兜转，
它全然虚无，全然是一个起点，
在我们前院桂竹香的篱墙
伐倒的栗子树失去了它的地盘。
白花栗鼠一蹦一跳地蹿高。
我听到那手斧与众不同
精确的砍劈，断裂，哀嚎
然后倒塌，曾经的根深叶茂
从枝梢震颤到全体崩溃。
深植过的远去了的，我的同龄

栗子从果酱瓶移植到深坑，
它的沉重与沉寂化作明亮的空，
一个灵魂，不断分岔又永远
静默，超出了静默的倾听。

乳品厂

团团浮沫盘旋在排水口。
我们在对岸驻足观望
乳白的水流淌自乳汁本身
被刺伤的肋部，它满罐物质洒泼[①]
在白色灵薄狱害得夜班工人
通宵达旦地跋涉，而厂房
保持距离，像流光溢彩的星舰。

我们出发了，露珠的柔眸小牛，[②]
在惊异中升向那一片荧辉。

---

① 在古希腊神话中，天后赫拉不肯给宙斯的私生子赫拉克勒斯喂奶，她扯开婴儿，乳汁溅落，变成了银河（希腊语 γαλαξίας 原意：奶、奶渍）。

② 露珠（dew）音同 Dieu（上帝、神）。

祈愿树

我想她是一棵枯死的祈愿树
并眼见它复苏，生根抽芽，高参天际，
在雨中摇曳，应和着所有的需求，

一求一求一求深深锤进它矍铄的
树皮和木质部：硬币、别针和铁钉[①]
从它身上奔流而出像一道彗尾，

新铸的熔融的。我曾有一个幻觉，
一根轻灵的枝梢从湿漉漉的云团探下来，
俯首看向那树木原先生长的地方。

---

① 英国有些地方民俗将硬币等物锤进树干或枯木中，以示祈福，密密麻麻。

沃夫·托恩①

轻如小艇，机动灵活
且以机动取胜，

我曾钟情肩章和帽徽，②
写过温文尔雅、义正辞严的篇章

献给我所图谋的大团结，③
并用一把剃刀扮演了古罗马人。④

我是一个肩挑背扛的桨手，最终会
远离那危途上的咸水和熏风，⑤

---

① 沃夫·托恩（Wolfe Tone，1763—1798），新教徒出身，“联合爱尔兰人党”创始人，共和派革命领袖。

② 钟情（affected），也可理解为：乔装。托恩曾主张普选平权，后转向暴力斗争路线，并四处寻求军援，不惜勾结法军入侵。1798年兵败被俘时，托恩身穿法军副官总长制服，直到两周后才被英方认出真实身份。

③ 托恩领导的联合爱尔兰人党（共和派）是在美国、法国大革命运动和民主思潮影响下的进步力量，成员包括大量新教徒，并呼吁各教派为独立的爱尔兰共和国而团结斗争，另一方面，谋求与法兰西共和国等进步国家结盟，共同推翻帝国世界。

④ 托恩被俘后以叛国罪被判处绞刑，他要求像敌兵一样的枪毙，或像异教徒一样的火刑，但都被法庭否决，最后在绞刑前，他设法割喉自杀。

⑤ 托恩曾多次游说、指领法军登陆爱尔兰，但基本都遭遇风暴和指挥不当，以失败告终，托恩都参加了这些战役，并写下一些时也运也的感叹名句，而且私下里对他们的航海技术相当不屑。

好比一根挠挠柱或十字路口的旗杆，①
毫不相干我身为小农的元素——

我曾在梦中惊醒，听着人们的呼号
从大海的底部升腾而上，②

那些穿衬衫的人在深水区驰骋
而当时大西洋正击穿我们舱室的舷窗盖，

大舰队分裂了，爱尔兰式微了
我们在光秃的杆子下顺着暴风狂奔。③

---

① 猫喜欢挠木头，狗喜欢在柱下撒尿。诗中又指各种国旗图案，美国等条纹旗如猫抓板，英国等十字架旗如十字路口。

② 托恩的登陆计划导致多人溺亡。1796 年底至次年初，法军发动“爱尔兰远征”，战舰 40 多艘、运兵 2 万及大量军需物资试图在爱尔兰西南角的班特利海湾登陆，但遭到惨败，2000 多人溺死，1000 多人被俘，旗舰人权号搁浅被击毁。1797 年 10 月，荷兰舰队 26 艘战舰试图与法军汇合后进攻爱尔兰，刚出发就在北海被英国海军击溃，旗舰自由号投降，大部分战舰被俘。此后，法国放弃了对爱尔兰的大规模远征计划。

③ 1798 年联合爱尔兰人党在本土发动起义，托恩继续在海外游说，但当时法军深陷埃及战争，对爱尔兰支援很少。他的最后一战发生在海上，9 月 16 日，10 艘法军战舰运兵 3 千从法国西岸的布勒斯特出发，试图绕到爱尔兰岛最北端的斯威利峡湾实施登陆。法军出海不久即被英军一路跟踪追击，10 月 12 日，试图登陆的法国舰队在近海遭遇英国海军重舰拦截，法军大败，舰队四散，被各个击破，7 艘战舰投降，包括托恩在内的 2400 人被俘。当时海况恶劣，法军旗舰的三根顶桅全部被狂风吹断，后帆碎裂，拖了整个战役的后腿，最终因落单被英舰围攻而率先投降，是造成失败的重要原因。托恩就擒于法军分遣队旗舰、5000 吨级风帆战列舰剑痕号（Hoche，也是曾经积极支持托恩计划的前任法军元帅奥什的姓），与诗中开头机动灵活的“小艇”形成反讽。

作于期望之乡

一

我们深居在一片祈愿语气的土地中，①
在高高厚厚的云团下听天由命。
“我们从未见过”，话里隐隐有一阵失落，
当我们祈祷“恩赐”或“俯允”
颓丧的神经对那一日来说是可信的，充分的。

每年一度，我们欢聚在野外
跳舞场和戏篷子里，孩子们唱歌，
用他们死记硬背的古老语言。
有一个曾为弟兄们干架的拍卖商 ②
他列举的所谓耻辱之事
我们总是信以为真，但我觉得，
即便他本人也不会真当成行动的号召。
铁嘴皮子的大喇叭震荡着空气
但没有任何人受到谴责。他已坚定了我们。

---

① 祈愿语气（optative mood），一种虚拟语气，主要见于古希腊语。爱尔兰传说中有仙灵居住在地下或大山内部。

② 拍卖商（auctioneer），暗示 action（行动），但在乡镇集市上口若悬河的游商并不是行动者，诗中讽刺各种宣传家。

当集会打烊时奏起我们的叛乱赞歌，
我们转身回家，经过一个个路障
民兵们加班加点的惯常骚扰。

二

接下来，突然，这语气改变。
新装修的电气厨房纷纷翻开书本。
年轻的头脑们本可靠着挤奶的母牛肚子
瞌睡中打发一生但都忙起来
铺设和勾画他们的第一条堤道
穿越指定的课文。然后运来

四方形铺路石和命令式
语法，一个新需求的时代。
他们会永久放逐条件句，
这一代人天生就满不在乎
我们“从深渊”呼求的那种凯旋。
我们凭着忍耐才能赢得的信念
大多被他们予以唾弃，才智
熠熠生辉又蛮横无礼像一根撬棍。

三

“看似最壮健者已久活了它的限期。

未来将取决于来自下方的证言。”
这些曾强固我们，那时我们安身[①]
托庇于我们在暗中的主保，[②]
那位被动性的守护之神，
如今却戳下威逼的利齿在我肩头。[③]
我对自己复述“撕摧”一词
并裸着脑袋看向那厚重的云团
在缘际渐渐绽出铜色的雷光。
我渴盼着锤击轰隆在层叠的船板，[④]
那毫不妥协的敲打桨栓的报告，[⑤]
好知道我们当中有一个人从未偏离

---

① 安身（dwelt），古英语本义：被愚弄迷惑、误入歧途、沉湎耽滞，词根与云雾烟尘有关，参考同源词 dull（愚钝、阴沉）。

② 庇护（aegis），古希腊语 αἰγίς 本义：风暴；在古希腊神话中原指宙斯和雅典娜所持的雷暴之盾，蒙着巨蛇妖戈耳贡的鳞甲，敲击时声如万龙咆哮，引动乌云滚滚、电闪雷鸣，令地上的凡人惊恐拜倒；在罗马时代常指帝王英豪们披挂的肩铠或护胸铠。另，古北欧语 ægis：畏惧、大海；在北欧神话中指一种“恐惧头盔”符文（Ægishjálmr），形如 8 支三叉戟组成圆阵拱卫中心圆，可能出自海巨神厄吉尔（Ægir），是最强大的护身符之一，令人恐惧而不能直视，使佩戴者无敌，小矮人戴上它可化身巨龙；中世纪维京武士的盔甲常刻有此符，或战斗前印在眉心；在瓦格纳歌剧《尼伯龙根指环》中称为“化身盔”（Tarnhelm），令佩戴者具有隐身、变身、瞬移等法力。

③ 戳下（sink），音近 sync（同步发生）。利齿（fang），古英语本义：紧抓、捕获，也指拥抱，表示欢迎、接纳、保护等，如上帝的怀抱、拥抱基督（受洗）；另，盖尔语意为：乌鸦。威逼（menace），音近 mennish（像人一样、人化），“fang mennishe”，接受人体形象，如耶稣道成肉身。诗中指：从前有神化人身来与我搭肩拥抱，如今这同时也是魔爪毒牙将我压肩征服。

④ 层叠船板（clinkered planks），古北欧 / 维京木船的典型造法，一层压一层将列板钉起来，形如砌瓦；也可理解为：响当当的熔炼铺路砖。

⑤ 桨栓（thole-pins）是船舷上支撑桨橹的叉架，简陋时为一颗或一对销钉，也可指钐镰的长柄。又，同形词也可理解为：忍受被钉（如上十字架）。

他的本能告诉他的所有正确行动，
他以直陈式站在他的立场，
当云爆倾盆之时，他的船将浮升。

泥淖幻象

心脏暴露、头戴铁棘冠的雕像
仍矗在一个个壁龛，野兔子飞掠
在喷射机睡昏昏的肚舱下，菜单作家
和朋克青年们靠喷雾剂保持自己
达到最佳状态。卫星链路接入
在高空上吹送教宗们的祝福，直升机场
维护着独享恩眷的小圈子，为巡游中的偶像
以及担架上死伤者。我们梦游
于惊惶和老套之间的线路，试镜
我们的第一批本土模特儿和最后的哑剧艺人，
拉远距离观察我们自己，位置优越
而且轻灵，像一个人站在弹板上
不断地做热身活动，因为他不会跳水。

于是在雾蒙蒙的中部地区它出现了，①
我们的泥淖幻象，仿佛一潭泥水的玫瑰窗
已从亮闪闪的湿漉中把自己发明，
一网蛛丝的轮盘，同心围向它自身
尘垢弥漫的毂，溷浊却又清亮。

---

① 诗中可能指位于北爱尔兰中部的内伊湖（Lough Neagh），北爱六郡中有五个郡围绕湖畔，希尼的家乡就靠近内伊湖西北岸。

我们曾听说太阳固定不动还有太阳
会变颜色，但我们幸蒙惠赐
原初的黏土，已化形并旋转着。
于是日落便褪成漆黑，雨刷
根本无法完全擦干净挡风玻璃，
蓄水池全是淤腐味儿，一层细绒毛
累增在头发和眉毛里，还有些
在他们的额头抹上一块污渍
以为万全之策。守夜人
都开始围拢在那些泥糊糊的裂缝，
在祭坛上芦苇驱除了百合花，
一本伤患花名册来回滚动在他们的床铺
才能够借地存放于枪林弹雨下。

一代人都曾见过那个标志！
那些夜晚我们在暗褐的露滴中嗅着
圣枝丛里的腐殖味，抑或不眠时轻轻地
在枕头上做犁沟式呼吸，那时谈论的
都是关于谁谁看见过它而我们的恐惧中
又透出一种神秘的骄傲，只有我们自己
才能胜任我们的生活。当那条彩虹
拱弧着洪泛式棕赭横流像水耗子的脊背
引得司机们都在路牙子上停车观看，
我们便但愿它走开，但又指望它是一个测试

可以证明我们已超出了预期。

当然，我们活着就是来学习这种荒唐。
有一天它消失了，东山墙上
它那摇颤的花冠曾寻得平衡的地方
已赫然重归荒颓，只剩蒲公英
迎风横飞在壁架上，还有苔藓
在酣眠中虚度它的增殖。这时照相机
从每一个角度扫射这块遗迹，专家
开始他们的“事后”叽喳而我们所有人
都挤成一团在那里等待精彩的解说。
就这样，我们忘了这幻象本就属于我们，
是我们的一个机会去了解那不可比拟之物
并纵身于未来。本可成为原动力的事情
被我们挥霍成新闻。那澄澈之所[①]
能挽回的既不是我们也不是它本身——除非
你敢说我们幸免。那就说吧，并看看我们
原有机会去投入泥淖，却坚信又疏离了，
请在我们的眼中设想那个世界的眼睛。

---

① 澄澈之所（clarified place）指希尼的故乡、上小学的地方安阿霍利什（Anahorish），盖尔语原意：清水泉。

消失的岛屿

曾经我们设想自己永久地流落
在它的青翠山岭和无沙海滨之间
我们祈祷、守望，熬过孤绝的夜晚，

曾经我们拾漂木，垒灶台
并吊起我们的大锅像一个苍穹，
岛屿在我们脚下破碎像一个浪头。

唯有当我们“最后一刻”拥抱
大地，它给我们的支撑才显得坚固。
我只相信那里发生的都是幻觉。

编选说明

选自《苦路》的诗篇首次以单行本在贝尔法斯特印制（阿尔斯特人出版社，1975）；《斯威尼之迷途》是爱尔兰史诗《斯威尼的疯狂》的英译本，脱离中世纪文本语境后，斯威尼的声音也在《斯威尼之重生》中出现。

“苦路岛”是爱尔兰多尼戈尔郡德尔格湖的一座岛屿的名字。数世纪以来，这座岛屿都是朝圣地，人们来到这里，进行禁食、祷告、赤足绕“床”行走，“床”是指组成环状的石头，据说是先前的隐修院留下的地基。一整套苦修实践被称为“一站”。在同名诗第二节出现的威廉·卡尔顿，著有《爱尔兰乡野录》（1830—1833），书中对其在岛上经历的叙述广为人知。第十一节由圣十字若望翻译的诗是《喜悦于通过信仰认识上帝的灵魂之歌》。（对这首诗以及其他诗的更多注解详见费伯与费伯出版社一九八四年出版的《苦路岛》。）

S.H.